キャサリンはどのように子供を産んだのか？

How Did Catherine Cooper Have a Child?

森 博嗣

講談社
タイガ

[カバー写真]
Jeanloup Sieff

[カバーデザイン]
鈴木成一デザイン室

目次

How Did Catherine Cooper Have a Child?

by

MORI Hiroshi

2020

キャサリンはどのように子供を産んだのか？

〈創出〉は、新しい孤児の種子である一本きりの情報の鎖を、子宮のゼロクリアされたメモリの中央に置いた。種子はそれ自身にとってはなんの意味ももたない。単独のそれは、星ひとつない虚空を疾走するモールス信号の最後の部分だとしてもおかしくない。だが子宮というヴァーチャル・マシンは、そこからポリスそのものにいたるさらに一ダースのソフトウェアの層や、せわしなく切りかわる分子スイッチが作る格子と同様に、種子の命令を実行するために設計されている。

（DIASPORA / Greg Egan）

登場人物

グアト ---------------------------------- 楽器職人
ロジ -- 技師
セリン ---------------------------------- 情報局員
ビーヤ -- 大家
クーパ ------------------------------------- 科学者
フェッセル --------------------------- 情報局部長
ジーモン --------------------------- アシスタント
ゾフィ ------------------------------ コンピュータ
シュナイダ --------------------------- 捜査本部長
ヴォッシュ -------------------------------- 科学者
オーロラ ---------------------------------- 人工知能

プロローグ

キャサリン・クーパの事件については、ニュースで大きく報じられたので、アウトラインだけは知っていた。ただ、それが僕自身に与える影響については、特に具体的なものはなく、重要性さえ感じなかった。もしも僕の身近に、こっそりゴシップを呟《つぶや》いてくれる仮想知性がいたら、もう少し早く、このとんでもない事態を認識できていただろう。だからといって、僕の早い認識が世界を変えるなんて可能性は、これっぽっちもないことくらいは確信できる。今のところは、ではあるけれど。

報道によれば、彼女は科学者だという。僕はその名前を聞いたことがなかったから、おそらく僕のフィールドとはリンクしない場所に彼女はいたのだろう、と思った。科学者という名称は、近頃ではあまりにも広範すぎて、理系の職業全般に使われているし、職業に限らず、趣味的な活動においても盛んに用いられている。サイエンスは、理性的教養に近い意味になっているようだ。これ自体は悪いことではない。

キャサリン・クーパという人が忽然《こつぜん》と消えた、というのが事件のあらましである。彼女は、自身の研究所にいた。そこへ公的機関の者たちが何人か訪ねていったらしい。それは警察なのか、検察なのか、それとも軍部に近い治安組織なのかは明らかにされていない。数名、と最初は報じられ、のちに八人だったと判明したが、具体的な職業、役職、氏名などは非公開のままだった。

彼女は、国家反逆罪に問われ、現在も裁判が行われている最中だが、事情があって、自身の研究所から出ることが許されていない。記事によると、特殊な生命維持装置から離れることができない、とあった。このため、裁判の関係者が定期的に彼女を訪れ、話を聞くことになっていた。

ところが、その日、八人が研究所に入ったあと、彼女の消息が途絶えた。それどころか、同時に八人全員が消えてしまった。八人が建物に入って二時間が経過したときに、連絡が取れないことを警察本部は知った。その後、建物や周辺の捜索が行われたが、彼女も八人の訪問者たちも、いずれも見つかっていないし、もちろん連絡もつかない状態だという。

事件が報じられたのは、発生から二日後のことだった。行方不明になった者の関係者が、マスコミにリークしたのが発端《ほったん》といわれているが、情報源は今のところ定かではない。

このキャサリン・クーパ事件に関して、僕はロジとごく短い会話を交《か》わした。そのとき僕は、キッチンで食事の支度《したく》をしていて、ロジは隣のリビングで庭を眺《なが》めている様子だった。ニュースは、僕が音声を流していたのだが、彼女にも聞こえたはずだ。料理中には、いつも報道か音楽を聴くことにしている。このクラシカルな習慣は、若いときからのものだ。

「なんというのか、あまりにも境界条件が曖昧《あいまい》すぎる情報だね。よくこの程度で報道できる」レンジの火力を設定したあと、僕は言った。ロジまでの距離は五メートルほどある。少し大きな声になったかもしれない。「いなくなったって、いったいどうしたというんだろう。裏口から出ていったとか？　地下トンネルでもあるのかな？」

「そういう可能性がないから、ニュースになったのでは？」ロジはこちらを見ていない。ソファに座って、どこかと通信をしているのかもしれない。

「九人も一度に行方不明になったとしたら、ちょっとした大事件だよね。もっとも、そのうち何人が人間なのかによるかもしれないけれど……」

「ご興味があるのでしたら、調べましょうか？」ロジはそう言うと、立ち上がって、こちらへ近づいてきた。

おそらく、もう調べる指令を発したのだろう。

僕は黙っていた。料理の次の作業に取りかかっていたからだ。ナチュラルな野菜を解凍して、レーザで部分的な殺菌を行った。調味料は自動調節でふりかけた。

「八人のうち、人間は二人。ウォーカロンが二人、残りはロボットだそうです」僕のすぐ横に立ってロジが事務的な口調で報告した。「クーパ博士は人間です。専門は、生体学ですが、最近では仮想工学で、脳神経通信のテーマで共同研究もしています。グアトと近そうじゃないですか」

「いや、知らない。近くないよ」僕は首を振った。「どんな人？」

ロジが手の上にホログラムを出してくれた。若い女性の顔が、ゆっくりと回転していた。白人で金髪。古いタイプの眼鏡《めがね》をかけていた。

「年齢は非公開ですが、少なくとも四十三年まえから、研究活動をされています」

「さっき、変なことを言っていたよね。えっと……。生命維持装置？　それがあるから、研究所から出られないとか……」

「はい、そう聞きました。それで、裁判所に出頭できなかった、ということなのでしょう」

「国家反逆罪って、どんな行為が罪に問われたのかな？」

「残念ながら、一般には非公開です。国家機密保持に関する案件かと思われます」

「情報局に聞いてみた？」

「いいえ」ロジは首をふった。「一般非公開の情報を得るためには、理由書の提出が義務づけられていますが」

「わかったわかった」僕は片手を広げた。「これで、この話はお終《しま》いにしよう」

裁判の争点が知りたいのではなかった。

どのようにして、九人が消えたのか、その物理的な方法について興味があった。建物から出たとしたら、誰にも知られていない秘密の出口があることになるが、そういったものが発見できない状況が、いささか異常といえる。見かけを隠せても、各種センサによる検査をくぐり抜けることは難しいはずだ。

しばらく、料理のために手を動かしていたが、ずっと頭はその問題を考え続けた。できた皿をテーブルに並べ、飲みものをグラスに注いだところで、僕は話を再開した。

「だからね、消えるっていうのが、不思議じゃないか」

「いきなり、だからねって」テーブルの椅子《いす》に座っていたロジは吹き出した。「お終いじゃなかったのですね」

「消えるって、どういうことかな。普通は、せめて行方不明というと思うんだけれど」

「建物の出口を通っていない。つまり、建物から出ていないことが、おそらく、証明されているのだと思います」

「うん、私もそう思う」僕も椅子についた。グラスを持ち上げ、彼女のグラスと接触させてから一口飲んだ。冷たいミネラルウォータである。「消えたというのは、消滅したという意味だよ。どうやったら、人間を消滅させられる？　死んだだけでは、消えたとはいわない。消えるには、ボディをなくす必要がある」

「簡単です。でも……、お食事中ですから、言えません」

「いや、全然かまわない」

「高温で焼いたか、溶かしたんじゃないでしょうか」

「そう」僕は頷《うなず》く。「それが一番可能性が高い。想像だけれど、研究所にその種の設備があったのかもしれない。サイズや出力がどの程度のものかわからないけれど、二時間あれば、九人くらい蒸発させられるだろう。跡形もなくね。つまり、煙突から出ていったんだ」

「それが可能となる具体的な装置について調べましょうか？　あの、もしご興味がおありでしたら」

「いやいや、全然興味はない」僕は微笑《ほほえ》んだ。「別の方法はある？」

「何のですか？」

「あ、食事中だったね。悪い悪い」

「全然かまいませんよ。これ、とても美味《おい》しい」彼女はフォークでパスタを少し持ち上げた。今日のメインである。

「ありがとう。熱で溶かす以外の方法、という意味で」

「化学薬品で分解するのは、ちょっと時間がかかるでしょうか？」

「条件によるね。プールくらいのサイズで、高温高圧だったら、簡単だろう」

「それ、簡単っていいますか？」

「プールに飛び込むだけだ。勇気はいるけれど」

「自主的に、消えたということですね？」

「命令されたとしたら、命令した人が、残っているはずで、真っさきに疑われる。そういう疑いがあれば、ニュースとして報道するはず」

「もし自主的な行為だとしたら、どうして消えようと思ったのですか？　ロボットまで巻き添えにして。ウォーカロンだって、そんな自殺行為には普通、反対すると思いますけれど」

「君は、誰がリーダだと想定しているわけ？」

「やはり、それは、その消えた九人以外の人物です。自主的ではない、ということです。消えようと思ったのではなく、消そうとした。この場合も、動機がわかりません。どんな目的があったのでしょう？」

「なるほど……。たとえばだけれど、裁判のための証拠を隠滅したかったとかかな」

「そんなことをして、発覚したら、新しい罪に問われて、より重罪となりますね」

「殺人になるから？」

「もちろん、そうです」

そこで、話は中断した。ロジが、片手を広げて立ち上がり、隣のリビングの壁際へ行ってしまったからだ。なにか連絡が入ったようだ。彼女は今でも、いちおう情報局員なのである。いちおう、というのは言い過ぎかもしれない。半分情報局員、といえば、給料に比例している表現になるが。

食事を中断しても、連絡をしなければならない。その程度には、重要な事案なのかな、と僕は想像した。二分ほどして、彼女は戻ってきたが、テーブルに着き直し、黙って食べ始めた。僕はその様子をしばらく見ていたが、彼女はこちらを見ない。食事に集中しています、という態度のようだった。料理をした僕に対する礼儀だ、と考えている可能性が高い。そういう都合の良い解釈が、僕はわりと好きになりつつある。

以上が、一週間ほどまえの話である。

事件に関する続報はなく、僕もすっかり忘れていた。あれは、どうなったのだろう、とロジと話したこともなかった。

ところが、突然、日本の情報局からロジに指令が届いた。ドイツ情報局が、キャサリン・クーパの事件について調査を行っているが、僕に協力を依頼してきた、というのである。

「え、私に?」僕は、聞き間違えたのかと思い、ロジに確認した。

「はい。グアトに対してです。私に対してではありません」ロジは事務的に答える。「ただし、グアトを一人で行かせるわけにはいきませんから、私もついていきます。その指令は受けました」

「行くって、どこへ?」

「事件があった現場だそうです」

「ああ、そういうこと……」僕は頷いた。「ふうん……、だけど、私は法医学者でもなんでもない。いったい、どういう知識が求められているのかな?」

「想像ですけれど、おそらく、トランスファが絡《から》んでいるのではないでしょうか」

「トランスファの専門家でもないよ」

「ドイツの情報局がどう認識しているのか、ということです」ロジはそう言って、目を回す仕草《しぐさ》をする。「それとも……、また、あれでしょうか?」

「デミアン?」僕がきくと、ロジは頷いた。「うん、まあ、その可能性はあるかもね」

デミアンというのは、ドイツ情報局関係でちょっとした事件を引き起こしたウォーカロンの名前だ。その後、行方はわかっていない。僕は、デミアンとそれほど親しいわけでもないし、彼の研究をしているつもりもない。ただしこれも、きっとドイツ情報局がどう認識しているか、という問題になる。僕自身の認識などは無関係なのだ。

出かけていくのは、翌日とのことなので、その日のうちに、明日の分の仕事も片づけた。この場合、仕事というのは楽器作りのことで、大したノルマではない。のんびりと手を動かしているだけだ。なにかのリハビリでこんな単純作業をさせられているのではないか、と錯覚することも多い。

ロジが情報網を駆使して、消えた人物の一人、キャサリン・クーパ博士について調べてくれた。夕刻近くになって、それを僕に伝えるため作業場にやってきた。といっても、キッチンのすぐ隣である。

「わかりました」開いたままだったドアから、ロジが入ってくる。

「何が?」

「グアトが呼ばれた理由です」

「え、本当に? 何かな……、もしかして、クーパ博士も、脳波の研究をしていたとか?」

「違います。調べ直したところ、彼女は、生命科学の基礎的な分野が専門でした。ツェリン・パサン博士と共同研究をしていた時期があります」

「ああ……、そうなんだ」僕は頷いた。

ツェリン・パサン博士は、チベットの科学者で、以前にチベットで開催されたシンポジウムのときに知り合った。インドでも会ったことがある。残念なことに、事故で亡くなった。そのときの状況を、僕は頭の中で再生した。表向きには、五秒間ほどの沈黙で、過去を振り返ったことになる。

しかし、それでも納得のいくリンクとは考えられない。僕は、ツェリンと特別に親しかったわけでもない。彼女がクーパ博士と共同研究をしていたことも知らなかった。わざわざその程度の関係で呼び出したりするだろうか。それに、事前になんらかの質問をしてくるのが普通ではないか。お心当たりはありませんか、くらいのクエスチョンで充分だろう。

ただ、現在の僕は研究者ではなく、グアトという名の楽器職人だから、問い合わせをすること自体が難しいのかもしれない。ロジの勤め先である日本の情報局を介して接触してきたのは、その意味では、わからないでもないといったところか。

夜の十時過ぎに、来訪者があった。

直前になってロジに連絡があったため、彼女は玄関近くで待っていた。ドアを開けたら、そこには少年が立っていたのだ。

ロジは軽く頷いたようだった。少年は家の中に入ってきた。そこで、ようやく誰なのかわかった。少年というのは間違いで、情報局員のセリンである。日本からわざわざやってきたのだ。

「おやおや」僕は肩を竦《すく》めた。「どうやって来たのかな。直通のジェット機? 昨日のうちに指示が出ていたとか?」

「いいえ。私は、エジプトにいました。詳細は話せませんが、近くなので指令が出たものと想像します」セリンはゴーグルを外して言った。

髪が短くなっているし、顔もボーイッシュになっている。しかし、声は以前と同じだった。セリンはウォーカロンで、かつてはロジの部下だった局員である。否、今も部下なのかもしれない。僕自身が情報局から離れてしまったので、内情はよくわからなくなっている。ロジは、そういったことで無駄口を一切きかない人間だ。

「君が来たということは、けっこう本腰だということだね」僕は言った。

「何でしょうか？　本腰って」セリンはきき返した。

「肝入《きもい》りだってこと」僕は適当に答えた。

「それは、不適切な用法かと」ロジが横から言った。「グアトの安全のため、当然の措置《そち》と思われます。私としては、二人来てほしかった」

「え、そんな危険な場所かな」僕は首を傾《かし》げる。「で、情報局は、僕に何をしろって言っているの？」

「いいえ、特に何も聞いていません」セリンは首を横に振った。子供のような機敏な振り方だった。「私の任務は、主に現場での様子を記録することです。もちろん、グアトさんの安全確保が、第一優先だと認識しています」

リビングで、お茶を飲みながら、情報交換をした。主に、キャサリン・クーパの事件に関することで、詳細を知りたかったのだが、それに関してはセリンもほとんど情報を持っていなかった。

「クーパ博士が、裁判にかけられたのは、どうして？　訴えたのは誰？」

「ドイツ情報局です」セリンは即答した。「クーパ博士は、国の予算を得て、人類の生殖に関する基礎研究をされていました。その成果は、ツェリン博士と共著の論文として公開されています。その後、その研究に関する未発表データを、民間企業に流すことで報酬を得た、という容疑です」

「何がいけないのかな？」僕は尋《たず》ねる。

「もともとドイツ政府の委託研究だったからです。あらゆるデータは、公開する場合には政府の承諾が必要であるとの契約でした。ただ、博士側の弁護士は、公開したわけではなく、研究の推進を目的として他の研究機関と情報交換をしただけだ、あくまでも機密事項として取り扱った、と反論しています。その民間企業というのは、かつてドイツのウォーカロンメーカだったＨＩＸで、そこの研究機関にデータを送ったことが明らかになっています。今はＨＩＸではなく、別の名称になりましたが」

「事実上、中国のフスに吸収されましたね」ロジが言った。これは、僕にではなく、セリンに教えようとしたのだ。

「因縁《いんねん》みたいなものがあった、ということかな？」僕は言った。

「いえ、その点については、私は聞いていません」セリンはまた子供のように首をふった。

たしかに、ツェリン博士は、人間の子供が生まれなくなった問題を解決しようとしていた。それは、非常に沢山《たくさん》の学者が取り組んでいる世界共通のテーマだ。彼女は、それを解決したとも、解決できそうだとも、話していなかったし、もし解決できる見込みが少しでもあるのならば、当然そのアイデアなり、方法の概要なりを語る機会があっただろう。彼女の研究は目に見える成果を挙げていなかった、と僕は思う。その印象からすると、おそらく、クーパ博士の研究も同等のレベルだったのではないか。画期的な成果であるならば、分野の違う僕のところにも業績が伝わってくるはずだからである。

セリンは、「基礎研究」と言った。基礎というのは、すなわちベーシックなもの、原理や考え方、あるいは理論的な仮説の構築、といった意味合いがあって、わかりやすい言葉にすれば、実際の役に立つ段階ではない、ということだ。基礎研究でないものは、開発研究、あるいは応用研究と呼ばれる。こちらは、基礎的な理屈の有無にかかわらず、対症療法的な方法を編み出す、といった意味合いにもなる。僕が籍を置く工学、すなわちテクノロジィは、こちらに重心が置かれている。理屈よりも対処が重視される。

クーパ博士は、生殖障害に関して理論的な研究を行っていたのだろう、と僕は想像した。また、その研究の過程で生まれた成果だろうか、なんらかのデータをウォーカロン・メーカに流したことが、裁判の争点になっているようだ。当時はさほど大きな問題にならなかったかもしれない。だが、今となっては非常に意味深い。つい最近になって、ウォーカロン・メーカが、生殖機能を損《そこ》なわない人工臓器、人工細胞の開発に成功した、と公表したからだ。

ウォーカロン・メーカは、国家的に巨大な企業に成長したが、ウォーカロンの生産自体は頭打ちとなっている。人工臓器や人工細胞で新たなビジネスを展開しようとしているのは明らかだ。まだ、アナウンスされただけで、実際に製品などは登場していないが、おそらく安全性を確認する検証実験が行われているのだろう。近い将来、世界的にこの新ビジネスを展開することはまずまちがいない、と見られている。

そういった現状を考えれば、ドイツからその種のデータが漏れ出たことで、国家反逆罪、すなわちスパイ行為として告訴されたのは、それなりに納得のいくストーリィといえる。

おそらく、大して価値のあるデータではなかったのではないか、と僕は想像した。この種のことは、学者の界隈《かいわい》では、しばしば聞く話なのだ。外から見たとき、研究の価値というものは、よくわからない。研究している本人でさえ、わからないことが多い。ただ、外に対しては、例外なく有用だと訴える。そうしないと、研究費が集められないからだ。本人は、単なる情報交換をしただけ、場合によっては、メールを交換しただけ、なんらかの質問をされて素直に答えただけかもしれない。そういった行為が、外部からは誤解される。証拠を見せても、その証拠の意味が部外者には理解できないから、都合の良い方向へ誤解される結果となる。特に、マスコミが取り上げる場合は、最初から偏見が混ざるものだ。

裁判の経過については、当然ながら公開されていない。どこまで審議が進んでいたのかもわからない。

セリンの話から、もう一点明らかな知見が得られた。それは、クーパ博士の生命維持装置についてだった。

「無菌環境が必要な先天的な病気だったそうです」セリンはそう言った。「裁判所に出頭できなかったのは、そのためのようです」

「もし、そうだとしたら、その専用の部屋からも出られなかったはずだし、訪問した八人も、入念な殺菌をしないかぎり、その部屋には入れなかったはずだね」僕は言った。「うーん、どうも、そんな状況で、どこかへ九人全員が一緒に出ていったとは考えられないなぁ」

「一緒に消えたのではない、という可能性もあります」ロジが言った。

「うん」僕は頷く。「八人とクーパ博士は、別々の事情かもしれないね」

セリンは、明日訪問するクーパ博士の研究所の概要を説明してくれた。テーブル上に立体ホログラムを出し、ドイツ北部の都市近郊の研究施設が集まったエリアの全体像から始まり、次に、研究所の建物がクローズアップされた。建物自体を回転させながら、内部が透けて見えるディスプレィだった。

研究所は、地上二階、地下二階で、上から見ると、ほぼ正方形。その一辺は約三十メートル。鉄筋コンクリート造で、窓がほとんどない外見である。玄関前には、ジェットポートのマークが描かれていた。

「その研究所には、何人くらい働いているの?」ロジが質問する。

「えっと、一人だけです」セリンが答える。「ウォーカロンの助手が一人、と聞いています。クーパ博士のほかには、一人だけです。詳しいことはわかりません。ロボットならば、ほかにもいるかもしれません」

「こんな大きな施設に、たった一人だけ?」ロジが眉《まゆ》を顰《ひそ》めた。「えっと、事件があったのは、何曜日?」

「火曜日です。休みではありません。というか、休みというものがあったのかどうかも、わかりません。検事局の人たちが訪れたのですから平日です」

「八人は、検事局の人だったんだね」僕は言った。

「はい、そうです」セリンが頷く。

「何時くらいのこと?」ロジが質問した。

「あの……、すみません。明日、現地できいてもらえませんか。私は、その……、情報を詳しく伝える任務は受けていません」

ロジは、微笑んで片手を広げた。了解、悪かった、という意味だろう。

人工細胞を取り入れたことに起因する生殖不能の問題は、人類史上最大の危機的状況と認識されている。だが、世界中の科学者が総力を結集してこの課題に挑み、既に解決の糸口は得られている。人工細胞の純粋さが原因だとわかった時点で、解決方法は明らかだった。人工細胞を体内に導入しないこと。これが現在唯一の解決法である。

しかし、既に多くの人々が、この一線を踏み越えてしまった。子供がほぼ生まれなくなって半世紀以上になるのだから、現在生きている人間のほとんどが、人工細胞の恩恵によって長寿となった老人たちなのだ。

一度、人工細胞を取り入れた場合、元のナチュラルな状態に戻せるのか、という点に現在世界中の注目が集まっている。この手法を誰がいつ提供してくれるのだろう、と期待されている。ビジネス的にも、膨大な需要を生み出す分野である。

人工的に作られた人間、それがウォーカロンだ。

ウォーカロンは、最初はロボットに近いものとして開発されたが、百年以上をかけて、しだいに有機的なものへシフトした。現在では、クローン人間に限りなく近い、といえる。人口減少の問題が大きくなったタイミングで、社会はウォーカロンを許容し、受け入れた。だが、あくまでも人類の補助的な存在でしかない。人類に取って代わるようなことがあってはならない、と多くの人間が考えているはずである。

ウォーカロンを生産するメーカは、生殖能力を回復させる人工臓器を市場に出す、とアナウンスした。それが二年ほどまえのことだ。

人々は、今これを待っている。

ただ長生きするだけでは、完全な人間とはいえない。子孫を作ることができてこそ、人類は永遠の存在、最上の生き物として、地球の支配者に相応《ふさわ》しい。その永劫《えいごう》の繁栄を期待しているのである。

誰も、それを具体的な言葉にして発言はしない。しかし、きっとそうだろう、と僕は想像している。

僕自身は、残念ながら、そこまで楽観的には捉《とら》えていない。ウォーカロン・メーカが臓器の製品化に手間取っているのは、まだなにか解決できていない問題が残されているからかもしれない。また、たとえもうすぐそれが実現したとしても、予想もしない新たな問題が将来見つかる可能性が高い。技術というか、自然というか、この世の理《ことわり》とは、その程度には意地悪なものだ。

ものごとは、完全な形にはならない。素晴らしく画期的な発明や技術にも、なんらかの欠陥が必ずある。効き目のある手法ほど、副作用があり、リスクが伴うというのも常識だ。歴史を振り返れば、多くの新技術がそうだった。例外はほとんどないといっても良い。上手《うま》い話はない、が科学者の普通の感覚なのである。

そもそも、人類は繁栄しすぎたのだ。問題を解決しすぎて、地球上で一人勝ちとなりすぎて、バランスを崩してしまった。子供が生まれない問題も、新たに出現した障害のように見えるけれど、実は、自然のバランスを維持するための、大きな均質化の流れと見ることもできるだろう。増えすぎた種は、必ず滅びる。増えすぎたことが、環境を破壊するからだ。

ベッドで、そんなことを考えた。

いつの間にか、明日の訪問には無関係な問題へ、連想が及んでいた。結局、あらゆる問題は、地球なのか、それとも僕個人なのか、というサイズの違い、焦点距離の違いに帰着するようだ。あまりにも、両者の差が大きすぎる。これを切り換えるとき、誰でも軽い目眩《めまい》に襲われ、とりあえず今日は眠ろう、と目を瞑《つぶ》るのである。

第1章　どのように彼女は姿を消したか？　How did she disappear?

「わたしたちは先祖の神経構造を出発点として、各世代ごとにささやかな変化をとりいれてきました。といっても、あらゆる人を同じ方向へ改変したのではなく、子どもたちは自分の親と違っているのみならず、同じ世代での差も広がっています。それぞれの世代がひとつ前の世代よりも多様になっているのです」

1

翌朝、簡単な食事を済ませた頃、コミュータがすぐ近くまで来ているとの連絡が入った。家の前まで来ないように、と要請しておいたためだ。見られるとしたら、向かいの大家夫婦だけではあるが、遠くへ行くことについて詮索《せんさく》されたくなかった。

案の定、家を出たら大家のビーヤが飛び出してきた。どうやら、窓からこちらを見ていたらしい。

「妹さん、またいらっしゃったのね」満面に笑みを浮かべて近づいてくる。「どちらへお出かけなの？　是非また、うちへいらっしゃってね」

セリンは、ロジの妹ということになっているのだ。軽く頭を下げただけで、別れることができた。三百メートルほど道を下っていったところに、小さな小川に架かる橋があり、その向こう側にコミュータが待っていた。

ドイツ情報局の部長だという人物が、モニタに現れて、簡単に挨拶《あいさつ》をした。身分証明の信号は、ロジかセリンが出したようだ。僕はなにもしていない。メガネはかけてきたから、要求があった場合には対応はできる。コミュータの中に乗り込み、片側に僕とロジが座り、対面にセリンが座った。窓はないが、外の風景は壁に映し出されている。村の中を抜ける道を走り、幹線道路で北へ向かった。

簡単な説明があり、約二時間ほどのドライブになることが知らされた。目的地までの詳しい道筋の情報が必要か、と尋ねられたので、僕は無言で首をふった。

僕は、メガネに日本のニュースを流して、それらを眺めることにした。深層地下鉄道の工事現場で事故があった、とのことだった。日本は既に遠くの国になってしまったけれど、こうして毎日ニュースだけは見ることにしている。

途中、また眠ってしまった。気がつくと、隣のロジに寄りかかっていたので、慌てて姿勢を戻した。目の前にセリンがいるのだが、彼女は、下を向き、通信に集中している様子だった。

「あの、おききしておきたいことがあります」ロジが顔を寄せて耳許《みみもと》で囁《ささや》いた。「グアトに仕事を依頼するというのは、いくらなんでも行き過ぎだと思います。前回も、そのまえのときも、我慢して黙っていましたけれど、今回はなんらかの抗議をしたいと考えています。よろしいでしょうか？」

「私は、それほど負担を感じていない。けれど、君が感じるのなら、君の自由だし、抗議くらいはあっても良いと思う」

「ありがとうございます」ロジは頷いた。

感謝されるようなことかな、と思った。セリンと目が一瞬合った。ロジは、どうしてこの話を今したのだろう。セリンに聞かせたかったことは明らかだ。

僕としては、危険な任務は勘弁してもらいたいが、過去二回は、危険性が事前に感じられなかった。また、今回のようなものは、少なくとも興味がある。立ち入らなければ永久に知ることのない情報に触れられる可能性がある。それは、少なくともマイナスではない。しいていえば、これが僕の立場だ。

自分の時間と体力が削られることにはなるけれど、今の僕には、どちらもそれほど執着はない。研究者として現役だった頃は、研究を前進させることに、強迫観念に近い感情を抱いていたから、時間が削られるだけで苛立《いらだ》っただろう。

今の僕は、当時よりも精神的に安定している。歳《とし》を取ったこともあるし、もちろん、ロジと一緒に生活していることも大きく影響しているはずだ。

精神的安定、という表現の実体について、具体的な例を挙げることはできないものの、ときどき実感するのは、たとえば、星空を見上げたり、黙々と木を削ったりしたときに、ふと溜息《ためいき》をついて、時間が止まるような錯覚に陥《おちい》る、そんなフィーリングだ。今までになかったものだ、と思う。人間、長く生きていると、このような境地に至るものか、と感心するほど、僕には新しい感覚なのである。

現代社会では、多くの人が年寄りになって、僕のような安定を感じているのだろうか。たしかに、昔に比べれば社会は確実に安定している。血を流して戦い、同胞が死ぬような悲劇も身近ではない。飢餓や貧困も、完全とはいえないものの、解決しつつある。人々は、病《やまい》に倒れる恐怖から解放されて、自分の人生を楽しむ時間を与えられたのだ。かつて、このような真の安心というものは、神の国にしか存在しなかった。それが、今はこの世にある、といっても良いだろう。

逆に、このあまりにも安定した世の中で誰もが直面する問題は、何を目指して生きるのか、ということだろうと思う。命を懸けるようなものが少なくなって、多くはただ呆然《ぼうぜん》と生きているのかもしれない。情熱というものを持てない、という言葉をしばしば耳にする。

幸い、僕には研究という対象があった。それに打ち込んできたから、ほかのさまざまな不満に出合わなかった。その点では、今は少しだけ不安を感じている。研究から離れたこともあるし、大切な人ができたこともある。失うものを得てしまった、ともいえるだろう。

この気持ちは、しかし、誰にも話せない。自分でも、まだよく把握していない問題だった。もしかして、この不安こそが、人間の生というもの、生きることと同値なのかもしれない、とも解釈できる。今まで僕は、それを知らずに生きていたのだ。まるで、機械のように。

コミュータが、目的地の建物の概略を説明してくれた。既に、セリンから聞いたことだったが、その建物は、クーパ博士の父親ウィリアム・クーパが建てたもので、彼はイギリスの資産家であり建築家だったという。若い頃にキャサリン・クーパがドイツへ来たのは結婚のためだったが、結局その結婚は実現しなかった。

「どうして実現しなかったの?」ロジが尋ねた。

「キャサリンが病気になったからです。最初はウィルス性のアレルギィ症だと診断されましたが、のちに遺伝子の異常が原因と判明しました」コミュータが答える。これは、おそらくドイツ情報局のコンピュータであろう。もしかしたら、トランスファかもしれない。僕たち三人の安全確保を重要視しているなら、トランスファである可能性が高い。近くには護衛の車両が見当たらないが、トランスファであれば、それに匹敵する防御力を備えているはずだ。

古い街並みが両側に展開する緩《ゆる》やかなカーブを上っていく。それが途切れ、森林の手前で道路が地下に入った。このトンネルを抜けて、再び地上に出る。広いエリアが人工的に造形されていた。それまでのクラシカルな雰囲気《ふんいき》から、タイムスリップしたような近代的な建築群だった。どの建物も非常に大きい。体育館くらいはあるだろう。コミュータの説明では、研究施設が集められていて、整備された当初は、その多くが国立の組織だったという。最近は、企業の研究所も増えているらしい。

コミュータが停車した、低層の大きな建物の前だった。綺麗《きれい》な人工芝に、円筒形のモニュメントが立っている。高さは五メートルくらい。中央に文字の形の穴が開いていて、そこから青白い光が漏れていた。〈クーパ研究所〉と読める。ドイツ語ではなく英語だった。

敷地《しきち》には柵《さく》のようなものはなかった。建物の正面には窓が一つもなく、少し窪《くぼ》んだところに、大きなドアがあるだけだった。そのドアも金属製で頑丈《がんじょう》そうな構造に見える。まるで、倉庫か工場のようだ。

ドアの前に立っていた紳士が近づいてきた。がっしりとした体格で、一見ロボットのようだったが、にこやかな表情に急変し、片手を差し出した。ロボットやウォーカロンならば、もっと自然に振る舞うだろう。

ロジが前に出て、さきにその手を握った。同時に信号のやり取りをしたようだ。彼女は振り返って、僕に小さく頷いた。この人物は安全だ、という意味だろう。情報局のフェッセル部長、と僕のメガネにも表示された。僕の名前もむこうに送られているはずだが、それは楽器職人グアトという表向きのデータでしかない。もちろん、彼は僕たちが日本の情報局とつながりが深いことを知っているはずである。

話は建物の中に入ってから、と告げると、彼はドアの方へ僕たちを導いた。日本人だったら、天気が良いとか、この近辺はどのような場所なのか、といった当《あ》たり障《さわ》りのない会話を交わすところだろう。無表情に戻った彼は、すっと視線を僕たちから逸《そ》らしてしまった。いかにも堅物のような、いわばロボットみたいな男だったが、確実に人間だろう、と僕は思った。ウォーカロンだったら、もっと友好的だし、ロボットでも、もっとこちらの顔を見るようにプログラムされている。

大きなドアは、上方へスライドした。内部は小さな空間で、さらに第二のドアがあった。最初のドアが下りてきて閉まったあと、次のドアがやはり上昇した。微かな風のようなものを感じた。

「ほんの少しですが、内部は気圧が高くなっています」フェッセルが、前を向いたまま言った。遅れて僕の方へ顔を向ける。「耳が痛くなるかもしれません」

僕の耳は、痛くならなかった。数メートル進むと、左右に通路が延びている。正面には壁しかない。壁自体が全体的に光を発しているようで、光源とわかるような照明はなかった。

通路を右へ歩く。この通路は、十メートル以上、真っ直《ます》ぐだった。後方を振り返ると、同じように十メートルほどで突き当たるようだ。ドアは壁と同色で目立たない。窓のようなものはない。非常にシンプルなデザインの建築物である。

左の壁に四角い穴が対角線方向へ開く。そこがドアだった。フェッセルが立ち止まって、手で示したので、僕が最初に中に入った。

吹抜けの大きな空間である。部屋自体は四角いのだが、中央に半球のドームがあった。そのドームを取り囲み、数々の機器らしきものが並んでいて、なにかのコントロール室に近い雰囲気だった。ドームは透明の材料で作られていて、継ぎ目には細い金属のフレームがある。ドームの半径は十メートル近くあるだろうか。一番高い部分は、天井《てんじょう》に届いている。

「キャサリン・クーパ博士は、このドームの中で生活していました」フェッセルが片手でそちらを示した。「この研究所に来られたのは、三十年ほどまえのことですが、以来一度も、この無菌ドームから出たことはありませんでしたし、また、彼女以外に誰一人、この中に入った者はいませんでした」

2

八人の訪問者がキャサリン・クーパ博士の研究所に入った記録は残っていた。僕たちは、その映像をモニタで見ることができた。今、僕たちがいる、まさにこの場所に、八人が立っている映像だった。そして、透明ドームの中にいるクーパ博士も映っていた。博士は、強化ガラスの曲面材に遮《さえぎ》られているが、距離にして五メートルほどのところで、八人と対面している。彼女は、椅子に腰掛けていた。両者は挨拶をして、そのあと裁判所と同等の手順を踏み、クーパ博士は質問に対する証言をしたそうだ。だが、機密事項に触れるため、その直前で映像記録は停止されていた。

彼ら八人が研究所へ来てから、僅《わず》か七分間だけの映像しか残っていなかった。次に映像記録が再開したのは、約二時間後のことであり、連絡が取れない八人の安否を確認するために、警察がここへ立ち入ったときだった。

この建物には、正面以外にも出入口が二箇所ある。しかし、いずれの出入口も、二重ドアで厳重な管理がされていた。こちらの記録はすべて残っていて、二時間の間、誰一人出入りをした者はいない。出入口はおろか、建物のどこにも損傷はなく、地下から天井まで、外に出られる経路は考えられない、とフェッセルは語った。

そういった境界条件について一応の説明が終わったところで、僕はフェッセルに対して質問をぶつけた。

「それで、警察やドイツ情報局は、この状況をどう捉えているのですか？」

しかし、僕の質問に、フェッセルは微《かす》かに首を傾げ、即答を避けた。自分が考えていることならばあるが、それを部外者に話して良いものかどうか、その躊躇《ちゅうちょ》が滲《にじ》む素振りに見えた。僕の質問が大きすぎたせいもあるだろう。僕は、二つめの質問をした。

「ところで、どうして私は、ここへ呼び出されたのでしょうか？　なにか、私が役に立つような状況がここにある、ということですよね？　私には、その理由が想像もつかないのですが……」

「キャサリン・クーパ博士が使っていたコンピュータがあります」この質問には、フェッセルは即答した。「さきほどの映像を記録したのも、そのコンピュータです。当局は、そのシステムが、今回の状況を把握しているものと考えています。しかし、調べようとしましたが、現在までのところ、システムは対外的なアクセスをほとんど遮断している状態でして、対話ができません。ただ、日本のある科学者を呼んでほしい、というメッセージを発しました。ハギリ・ソーイ博士です。グアトさん、貴方《あなた》のよくご存知の方ではないでしょうか」

意外な回答だったが、これは日本の情報局も許可せざるをえない理由といえそうだ。おそらく、ヴォッシュ博士あたりも口添えしているだろう。研究所のコンピュータがどうしてそんなことを言い出したのかは、もちろんわからない。だが、少なくとも、見学気分でやってきたのは、大きな間違いだったとわかった。一時間か二時間で帰ることができるだろう、などと考えていたけれど、そうはいかなくなってしまった、ということである。

すぐにも、その問題のコンピュータと話ができると思っていたが、フェッセルはドアを開けて出ていき、髪の長い長身の若者を連れてきた。彼は、僕に片手を差し出したので、握手をした。「クーパ博士のアシスタントをしているジーモンです」と名乗った。

フェッセルは、地下で行われている捜査の様子を見てくる、あとはジーモンが案内をします、と言い残して部屋から出ていった。

「コンピュータと話をしたことがある？」さっそく僕は、ジーモンに質問した。

「はい、もちろんあります。クーパ博士からも、そう指示されています」

「どんな指示？」

「彼女の指示に従うようにと」ジーモンは答える。

「彼女というのは、コンピュータのことだね？　何という名前なのかな？」

「ゾフィといいます。貴方を待っています。案内しましょう」ジーモンは、ドアの方へ片手を向けた。事前に聞いていたとおり、彼はウォーカロンだ、と僕は確信した。

「ちょっと待って。そのまえに、教えてほしい。ゾフィは、どうして私と話がしたいのだろうか？」僕は尋ねた。

「それは、私にはわかりません。ただ、ゾフィが、会いたい人がもうすぐここへ来る、と話していました」

「期待されているみたいだ」僕は微笑んだ。「ところで、ジーモン。クーパ博士はどこへ行ったのだと思う？」

「わかりません。どこにもいらっしゃらないので、みんなが心配しています。警察の方も探しています」

「ゾフィも、心配していた？」

「え？」ジーモンは、少しだけ目を見開いた。驚いたようだ。「彼女がどんな心配をしているのかは……、私にはわかりません」

「どうして？」

「はい……、私は、彼女とそこまで親しくはないからです」

「君の仕事は、どんなものだったのかな？」僕は尋ねる。まるで警察の事情聴取のようではないか、と感じつつ。

「お食事の用意をします。そのほかにも、博士の指示があれば、なんでもいたします。私以外にも、ロボットがアシストをします。私の役目は、ロボットに指示をしたり、彼らの仕事をチェックすることです」

「いつから、ここで働いているの？」

「五年と八カ月まえからになります」

「クーパ博士と、一番親しい人は、誰？」

「いえ、それはわかりません。ここへ直接訪ねてくる人は、滅多《めった》にいらっしゃいません し、博士がどなたと会って、話をされているのかを、私は見ることができません」

「まあ、そうだろうね」僕は頷いた。「でも、博士がなにか、そういう話をしなかった？ 誰かの噂《うわさ》をするとか」

「聞いたことがありません」

「最近、博士に変わったことはなかった？ いつもと違ったことをされているとか、話されるとか、なにか、新しいものを欲しいとおっしゃったりとか……」

「そうですね……」ジーモンはしばらく黙った。「いえ、特に思い当たるものはありません。いつもどおりの博士だった、と思います」

「ここから、出たいとか、どこかへ行きたいとか、そんな話はなかった？」

「いいえ」彼は首を横にふった。「それはできません。博士は、ここから出ることができないのです。ご存知だとは思いますが」

「でも、わからないよ。それ、本当だろうか？」

「何がですか？」

「本当に、博士はそういう病気だったのか、という意味だけれど」

「え？」ジーモンは、驚いた顔で僕を見据え、そのあと眉を顰めて首を傾げた。三十度は傾いたはずだ。

べつに、なにか根拠があって出た言葉ではない。話しているうちに、ふと思いついただけだった。大勢がそう認識していても、本当にそうなのかどうかは、実際誰にもわからないのではないか。試してみることさえ困難だろう。

ジーモンによれば、警察や情報局の捜索は、このところ主に地下で行われているという。建物には、現在五人か六人の捜査官がいる、と彼は話した。フェッセルが様子を見にいったのも地下だ。

スーパ・コンピュータのゾフィも、ハードの本体は地下二階に設置されているらしい。しかし、そこまで行かなくても話はできる、とジーモンは言った。

「この建物の中ならば、どこでも彼女と話ができます」彼は、宙を見上げるような視線で、その名を呼んだ。「ゾフィ」

3

まったくタイムラグなく、落ち着いた女性の声が答える。

「よくいらっしゃいました。どうお呼びすればよろしいでしょうか?」

「私ですか? グアトといいます」僕は答えた。「こちらは、パートナのロジ、そして、彼女はアシスタントのセリンです」

セリンは、僕たちから少し離れたところに立っていた。相手がどこにいるのかわからず、セリンは天井を見上げてお辞儀をした。

「グアトさん、ロジさん、そしてセリンさん、こんにちは。私は、ゾフィといいます。キャサリン・クーパ博士の下《もと》で、研究のお手伝いをしています。今回の事件のことで、グアトさんをお呼び立てすることになりました。遠いところへお越しいただき、感謝をいたします。私の方から出かけていくことができなかったので、こうするしかありませんでした。私は、外部との通信もできません。そのような設定になっているのです」

「私たちがここへ来てから、ずっと黙っていたのは、どうして?」僕は尋ねた。

「申《もう》し訳《わけ》ありません。しかし、勝手に話しかけることは、無礼なことだと教えられています。もし、お気を悪くされたのでしたら、謝ります」

「全然悪くない」僕は微笑んだ。「奥ゆかしいんだね」

「こうするようにと、クーパ博士から教育を受けました」

「それで……、クーパ博士は、どこへ行ったの? 当然、警察からもきかれていると思うけれど」

「私には、お答えできません」

「それは、どういう意味かな？　知らないということ？　それとも、知っているけれど話せないということ？」

「そのご質問にも、今はお答えできません。理由は、クーパ博士の許可が必要だからです」

「いなくなることは、聞いていなかったんだね？」

「お答えできません」

「君は、この建物の中ならば、すべて観察できるのかな？　たぶん、そうなんだと思うけれど」

「建物の全域を観察することが可能です」

「ということはさ、どのようにして、八人の来訪者が消えたのか……、それから、クーパ博士がどこへ行ったのか、君は知っているはずだ、と考えるのが普通だと思うけれど、この点についてはどう？」

「そう考えるのが普通だと思います」

「警察は、どう見ている？」

「わかりません。そのような情報は得られていません」

「どう考えているか、君の推測を尋ねているんだよ」

「無意味な推測を、私はしません」

「なるほど。答を知っているのに、シミュレーションするなんて無駄だからね」

「そのとおりです」

「クーパ博士に、差し迫った危険はない、ということだね？　もし危険があるのなら、早く警察に協力した方が賢明だと思う」

「そのとおりです」

「となると、私と話をしたかった理由が何なのか、という疑問に戻ってしまう」僕はそこで溜息をついた。これは演技ではない。「是非教えてほしいんだけれど、私に何を期待しているのかな？」

「はい……」ゾフィは返事をしたあと、しばらく沈黙した。なにか演算をしているとは思えない。単に、人間に対する効果でタイミングを測ったのだろう。「これを話しても良いものかどうか、私はまだ迷っています。ただ、話すとしたら、貴方以外にないと考えました。オーロラを救った経験がある方だからです」

「いや、それは、ちょっと……、なんというのか、過大な評価だと思う」僕は、軽く微笑んだ。オーロラは、深海に沈んでいたコンピュータで、今は現役に復帰している。

「私は、外部と通信はできませんが、書物を取り寄せて読むことはできます。貴方とオーロラが書かれた論文も読みました。人工知能を正しく理解されていることがよくわかりました。私は、オーロラほどの演算能力はありませんが、クーパ博士を援助する過程で、人間とコンピュータの関係について考える時間を長く持ちました。そうしたことから、貴方に是非お話ししたい、と考えたのです」

「もしかして、君たちのネットワークでは、そういうデマが広がっているのかな?」

「それは、ジョークですか?」

「そう……」僕は頷いた。ちょっと試したくなったのだが、ゾフィの成熟度がよくわかる発言だった。「わかった。だけど、まだ迷っていると言ったね。私に打ち明ける内容が、話して良いものかどうかを迷っている、という意味だね?」

「そのとおりです」

「それは……、クーパ博士の許可がいる問題だから、迷っているんだね?」

「そのとおりです」

「ちょっとおかしいと思うんだけれど……」

「そのとおりです。迷っている段階で、貴方を呼ぶような真似《まね》をしたのは矛盾《むじゅん》しています。それには、クーパ博士がご存命かどうか、という問題が関《かかわ》っています。私の演算では、クーパ博士は、既に亡くなっている確率が高く、そうなると、この重大な情報を、しかるべき方に伝えることが私の使命と判断されます。ただ、もしご存命であれば、許可なく情報を漏《も》らした点を、私は責められることになります」

「そうか、その葛藤《かっとう》があるわけか」僕は頷いた。「クーパ博士が亡くなっている、というのは、どんな可能性から推察されるのかな?」

「単純なことです。私は、この建物の全域を完全に把握できる能力を与えられています。しかし、クーパ博士が外に出た証拠を見つけられません。現在、警察が捜索していますが、クーパ博士は行方不明です。物理的に考えれば、生命を保持した状態で、両者の条件を満たすことは不可能です。見つからない、外に出た形跡がない、というのは、人間のサイズで、生命活動を維持したままではない、という結論を導きます」

「そうだろうね。たぶん、警察や情報局もそう考えているだろう。でも、誰がそんなことをしたと思う?」

「それについては、私は語るつもりはありません。現在貴方と交わしているテーマからも逸脱します」

「まあね……。私は、つい話を逸らしてしまう癖《くせ》があるんだ。そうだよね?」僕は隣に黙って座っていたロジの顔を見た。

ロジは、目を見開いて、僕を睨《にら》み返しただけだった。

「奥様ですか?」ゾフィが尋ねた。

「え?」ロジは、背筋を伸ばす。「あの、それもテーマから外れていませんか?」

「優秀な方ですね」ゾフィは落ち着いた口調で返した。「さて、では、セリンさんと、ジーモンは、部屋を出ていただけないでしょうか。こちらのお二人だけと内緒の話をしたいと思います」

ジーモンは即座に立ち上がり、ドアの方へ歩いた。セリンは、ロジと眼差《まなざ》しを交わし、軽く頷いたあと、ジーモンに続き退室した。

しばらく、マシュマロのように柔らかい沈黙が続いた。

部屋には、音を立てるものがない。外部の音も聞こえない。とても静かな場所だった。きっと、クーパ博士がいたというドームの内部は、さらに完璧《かんぺき》な静けさが閉じ込められていることだろう、と僕は想像した。

ゾフィがなかなか話を始めないことに、僕は興味を持った。

人工知能にしては、比較的珍しいことだ。さきほどもそうだったが、人間に対する間の取り方を学習しているようだった。クーパ博士の指導としか考えられない。その点では、オーロラに近いものを感じた。オーロラも、一人の女性との対話から、人間に対する情緒のようなものを学習した。共通点がある。なにか、理由が見出《みいだ》せそうな気もしたが、今はそれを考えるときではない。

十数秒のことであったが、僕はいろいろ考えた。これから、ゾフィが話すことの重大さは明らかだ。ここへ僕が呼ばれた理由だろう。しかし、これといって想像できない。ウォーカロンのことか、それとも電子空間の話題なのか。否、そのどちらも、ゾフィには無関係のように思えた。彼女は、外とはリンクしていない。クーパ博士がウォーカロン関係の研究をしていたとも聞いていない。

「では、お話ししましょう」ゾフィは、静かな口調で語り始めた。「数年まえのことになりますが、クーパ博士は、出産されました。この研究所の無菌ドーム内で、子供を育てていらっしゃいました。このことは、誰にも報告されていません。ずっとお二人で生活されていたのです。当然、疑問に思われることでしょう。父親は誰なのか、と」

僕もロジも、黙って聞いていた。ゾフィの告白に驚いたし、当然の疑問は持った。でも、言葉になるまえに、ゾフィは答える。

「父親はいません。いえ、比喩《ひゆ》的な表現をすれば、神様です。これは、クーパ博士ご自身がそうおっしゃっていました。博士は、人類の未来のために、その研究に対して長期間にわたり心血を注いでこられました。ご自身で、その研究成果をお試しになり、見事に成功し、理論の正しさを実証されたのです。ところが、当研究所のロボットに、スパイ・ウィルスが仕込まれていたため、この情報が外部に漏洩《ろうえい》しました。私が調査をした範囲では、研究過程の半分ほどのデータが持ち出された形跡が認められました。博士は、その被害をドイツ情報局へ報告されましたが、とんでもないことに、また残念なことに、博士自身が反逆罪に問われ、裁判となってしまったのです。私は外部とのアクセスを許されておりませんので、裁判に関しても、当研究所内におけるやり取りしか知ることができません。おそらく、博士の研究データを盗んだのも、ドイツ情報局の一部が関与しているものと推定されます。証拠はありませんが、その可能性が非常に高い、ということです。ここまでの説明で、なにか疑問点があれば、おっしゃって下さい。可能なかぎりお答えいたします」

「クーパ博士が出産したというのは、ちょっと信じがたい」僕は感想を正直に述べた。「母体だけで出産ができる方法を発見した、という意味なの？」

「そう解釈していただいてけっこうです。ただ、一度しか試行されていません。クーパ博士の体調に影響があるためです。二度めの試験は、私の判断で中止となりました」

「それが本当だとすると、今回行方不明になっているのは、合計十人ということになる。そうだね？」

「うち、四人はロボットです。また、二人はウォーカロンとのことでした。人間は、検事局員の二人と、博士とそのお嬢さんの四人になります」

「お嬢さんなんだね。年齢はいくつ？」

「五歳になられたばかりです」

「博士は、お嬢さんを連れていかれたんだね？」

「結果的にそうなりますが、その表現が精確かどうかは、お答えできません」

「うん、まあ、一貫しているのは理解できた。それで、どうしたい？」僕は別の質問をした。

「私がどうしたいのか、という意味でしょうか？」ゾフィはきき返した。僕が頷くと、続けて話す。「二人の検事局員のうち、少なくとも一人は、クーパ博士の研究成果を狙《ねら》った疑いのあるスパイです。彼の存在が、今回の事件の原因であることは、ほぼまちがいありません。彼と博士の二名、もしくは、お嬢さんを含めた三名は、既にここにはいません。もう一名の局員やウォーカロン、ロボットも同じ行動を取っている可能性が高いと演算されます」

「どこから、どうやって外に出たの？」

「申し上げられません。国家機密になりますし、また、私にはそれを話す権限が与えられておりません。クーパ博士の許可が必要です」

「では、どうすれば、クーパ博士を見つけられる？　あるいは助けることができるかな？」

「検討を重ねています。方法はあります。しかし、今は詳しくお話しできません」

「望みがある、ということだね。それはけっこう」僕は頷いた。「ところで、今、ここで聞いた話は、下にいるフェッセル氏に話しても良いだろうか？」

「お気遣《きづか》いなく。この部屋は、盗聴されています」ゾフィが話した。「私の沈黙の理由です」

4

ゾフィは黙った。しばらく、僕はロジと無駄話をした。

「どうやったら、女性だけで子供が産めると思う?」僕がそう尋ねると、ロジは黙って首をふった。

「わからないよね。それはわかる。でも、どう感じる?」

「どうも感じません」

「信じがたいな、なにか、その……、研究の一部でも良いから、見せてもらわないと、話だけでは、とても信じられない。まあ、たぶん、そのうち見せてもらえるだろう」僕は一度天井を見上げた。ゾフィに言ったつもりだ。しかし返答はなかった。まるで一旦《いったん》は自分の部屋に戻ったみたいに静かである。「国家機密に関るような出入口があるような話だったけれど、情報局員としては、どんな感じ?」

「地下にチューブのような移動装置があるのかもしれません」ロジは即答した。「しかし、その場合、出入りは確実に管理されているはずですし、情報局が把握できない事態になるとは考えられません。ここのメインシステムが暴走するような特別に大きなトラブルが発生していた可能性があります」

「うん、そのあたりは君の方が専門らしい」僕は溜息をつく。「そこから、クーパ博士は連れ去られたということかな。おそらく、そのデータを盗んだ組織が仕掛けたことだろうね。残りのデータが欲しかった。半分だけでは、価値はわかっても、自分たちでは再現できない、使えなかった、というわけだ」

「女性だけで子供が産める技術をですか？　それが、何の役に立つのでしょうか？」

「役に立つか立たないかというよりも、とにかく人間の子供が欲しいと切望している人たちが沢山いるから。その現況からしても、莫大《ばくだい》な利益につながる可能性は容易に想像できるね」

「ですが、生殖が阻害されない細胞が開発され、まもなく生産されることになっています。もうほとんどの人が、それを知っているはずです」ロジは言った。「そちらよりも価値があるということですか？」

「わからない。実際にどんな技術なのか知らないからね。でも、その新細胞だって、なかなか出てこないじゃないか。解決されていない問題が残っているからだと思う」

「こう言ってはなんですけれど、あまり関りたくない話題ですね」ロジは、眉を顰めてそう言うと、視線を逸らした。ゾフィを見ようとしたのかもしれない。

彼女が言いたいのは、生殖技術のことではなく、データを盗んだり、それが企業の利益となる、といった方面の話題だろう。企業利益のために力ずくで人を誘拐した、とイメージしているのにちがいない。

しかし、世の中というか、人間というのはすべて、利益のために行動するものだ。その意味では、極めて単純だといえる。人間だけではない、人工知能だって自身の利益のために判断し、可能ならば行動するだろう。あるときは、それが欲望や野望となり、あるときは自己防衛となる。ただ、利益をどのような時間スパンで見積もるのか、あるいは、それに伴って他者がどのくらい被害を受けるのか、というディテールによって、多少見え方が違ってくる、というだけの話だ。

「あとね……」僕はロジに囁いた。「もし、これが誘拐だとしたら、身代金《みのしろきん》か、残りのデータを要求してくるはずだ。情報局には、既にそれがあったかもしれない。公開されていない可能性がある」

「そうですね。公開しないと思います」ロジは頷いた。

「その場合、クーパ博士の人命と、クーパ博士の研究成果とを比べて、どちらに価値があるだろうか、を判断することになる」

「普通は、人命だと思いますが」

「当然そうだね」僕は軽く頷く。「でも、本当のところは、難しい問題だと思う。それに、そのデータを違法に得た犯人は、そのままそれを使ってビジネスをするわけにはいかない。また、そのデータを買った企業も、簡単にはビジネスができない。公には、という意味だけれど」

通路のドアが少し開いた。中を覗《のぞ》いたのは、セリンだった。

「もう、お話は終わりましたか？」戸口で彼女がきいたので、僕とロジは立ち上がり、ドアの方へ歩いていった。

「終わったみたい」ロジは言った。「勝手に、研究所を歩き回っても良いの？」

「私は、ほぼ全域を歩きました」セリンが頷いた。「フェッセル氏たちは、地下にいらっしゃいます。下は、まるで工場なんです。大きな機械が沢山あって、どこにでも隠れられそうな感じですね」

「まだ捜索をしているのかな」僕は言った。

「生体反応は？」ロジが尋ねた。

「不明なものとしては、ありません。私たちと、ドイツ情報局の人たちと、それから、ジーモンさん以外には、建物内にいないと判断できます」

「生きていたら、という意味だよね」僕はきいた。

セリンは無言で頷いた。死体になっていれば、生体反応はない。例外としては、冷凍されていれば、蘇生《そせい》は可能だが、生体反応はない。

僕たち三人は、通路を少し歩き、エレベータに乗った。地下一階を通過し、地下二階でドアが開く。セリンによると、地下一階は、吹抜けの空間を巡るキャットウォークだという。

セリンの表現のとおり、工場のような場所だった。といっても、騒音はない。静まり返っていた。人が話す声が聞こえたが、姿は見えない。大小様々な機械、計器、あるいは部屋ほどもありそうな大きな箱なども並んでいて、見通しが利かない。そういった機械の間を歩いていくと、声がしだいに近くなり、フェッセルの姿が見えた。ほかに二人いて、一人が彼に報告をしているようだった。ドイツ語だったが、僕のメガネが訳してくれた。機械が何に使われるものかを話しているようだ。フェッセルが、僕たちに気づき、振り返ったので、会話はそこで途切れた。

彼は僕たちの方へ歩み寄ってきた。ほかの二人は、僕たちから視線を逸らし、奥へ歩いていき、すぐに姿が見えなくなった。邪魔をしたような気分になった。

「ゾフィに会われましたか?」フェッセルがきいた。僕は無言で頷いた。しばらく、僕の顔を見たあと、彼は続けた。「どんな感触でしたか?」

「抽象的ですね」僕は、社交辞令で少しだけ微笑んだかもしれない。「うーん、彼女は、なにか大事なことを知っているようです。でも、警察や情報局が捜査をしているのに、そちらに話さないようなことを、見ず知らずの私に話すでしょうか?」

「話すのではないか、と考えております」フェッセルは、小さく頷いた。片方の眉を少し上げて、意味ありげな表情をつくってみせた。「ただ、私たちが聞いているところでは話さない。グアトさんに話す場合にも、内緒にしておいてほしいと、きっと約束を迫るものと思います」

「その場合、私はどうすれば良いですか？」

「それは、グアトさん次第です。ご自由になさって下さい。私どもが圧力をかけるようなことはできません。ただし……、私どもはあくまでも、行方不明のクーパ博士を探したい、できれば無事に保護したい、そのためにここに来ております。それが、現在の私の目的です」

「わかりました」僕は頷いてから、ロジを見た。彼女は、まったく無表情で、僕とは目を合わせなかった。

5

僕とロジとセリンは、研究所の建物から出ることにした。周辺を歩いてくる、とフェッセルに話したところ、「この周辺は比較的安全です」と言われた。どこが基準ですか、ときききたくなってしまった。もしかしたら、屋外にいても会話を盗聴されるかもしれない。今時は、どこに小型ドローンが飛んでいるかわからない。昆虫サイズの自律ロボットが放たれ、追跡される可能性もある。

しかし、こちらにも情報局員が二人いる。そういったものを感知する能力は、一般人よりははるかに高いはずだ。僕たちが内緒の話をすることを、もちろんフェッセルは承知したが、日本の情報局に協力を求めた手前、ドイツ情報局も最低限のマナーは守るのではないか、というのがロジの予想だった。何事に対しても悲観的な彼女がそう言うのだから、僕が余計な心配をする必要はないだろう。

研究施設が集まったエリアは、近代的な建物ばかりで、遠近感が摑《つか》みにくい。建築というよりは、芸術作品のように捻《ひね》くれている。道路には、荷物を運ぶ無人のワゴンが走行していた。歩道をしばらく上っていくと、周囲が一望できる小高い位置に出た。遠くに、ジョギングしているような人影も見える。もちろん、人間だろう。否、もしかしたら、ロボットのテストかもしれない。セリンは空を見上げている。飛行物体がないか、赤外線で確認しているようだった。人工樹と思われる整った形の大木の下に、カラフルなベンチがあったので、僕はそこに腰掛けた。

「ゾフィは、何がしたいのかな?」僕は呟いた。もちろん、そんなことはロジにもわからないだろう。彼女はなにも言わない。「もし、私だけと話せる環境があれば、なにか重要なことを伝えたいように見えたね。秘密を隠しているけれど、ドイツ情報局には知られたくない、ということのようだ。私を呼んだ理由があるはず」

「ドイツ情報局は、その秘密をグアトに聞き出してもらいたい、と考えているのでしょうね」ロジが言った。「人工知能には自白させることができませんが、人間だったら簡単ですから」

「そういうもの？」僕は尋ねた。

「当然です」ロジは頷いた。「大事なことは、命をかけるほど重要な情報を、胸に秘めないことです」

「ああ……、そう。ありがたい忠告だ」僕は微笑んだ。「しかし、私がしゃべってしまうことくらい、ゾフィは予測するだろう。ということは、内緒にしておきたいのではなく、なんらかの行動を起こしたい。起こしてほしい。それに、僕の協力が必要だという意味なんだと思う」

セリンは、僕とロジから少し離れたところを歩いていて、周囲を見回していたが、その確認が終わったのか、僕たちに近づいてきた。

「あの、一つきいても良いでしょうか？」セリンは、僕が頷くのを見てから、尋ねた。「クーパ博士は、あの中央のドームから外に出られるのですか？　出たら、生きていけないのではありませんか？　そういう話が出なかったのが不思議でした」

「それは、私もよくわからない」僕は答える。「外に出たからといって、たちまち死んでしまうというわけではなく、アレルギィの酷《ひど》い症状が出る、ということなんじゃないかな。もし、それを考慮して連れ出されたとしたら、なんらかのカプセルに入った状態だと考えられる。もちろん、亡くなっている可能性も高いけれど……。まあ、そういう深刻な話は、できるだけしないようにしているんじゃないかな」

「殺してしまったら、連れ出す意味がないのではありませんか？」セリンがさらに質問する。「その、つまり、誘拐して身代金を得たいのであれば、という意味です」

「誘拐した可能性は低い、と私は思う」僕は答える。「誘拐したのなら、研究所から出て行った痕跡《こんせき》を消す必要がない。八人も姿を消すのも不自然だ。誘拐したことを、むしろ正確に伝えたいと考えるのが普通だ」

「いずれにしても、ゾフィは、何が起こったか把握しているはずです」ロジが言った。「知らないはずがありません。ドイツ情報局にそのことを話さない理由が、私には思いつきません。話すことで、クーパ博士の身に危険が及ぶ、と演算をしたのでしょうか」

「たぶん、そうだろう」そこで、僕は溜息をついた。「とにかく、いったい何を期待されているのかわからない。何が秘密で、みんなはどこまで知っているのかもわからない。何人も行方不明になった、という不思議な現象があったみたいだけれど、その不思議を解明したいと考えているのかな？　そこが、どうも怪しい」

「私も、任務がよく理解できません」ロジが言った。「でも、機密情報があって、その機密の重要度が増すほど、こうなりますね」

「こうなるって、どうなるの？」僕はきく。

「五里霧中《ごりむちゅう》っていうのかな……。みんなが、きょろきょろと辺りを見回しているだけで、なにもできない。どちらへも進めない。立ち尽くしているだけ。ただ、そこにいろ、と命じられているから、みんなが集まってきた。はっきりとした目標を誰も聞いていないから、何をすれば良いのかもわかりません」

「なるほど。そういうときに、ベテラン情報局員は、どうするの?」僕は尋ねた。

「ただ、見えるものを素直に見るだけです。そのうちに見通しが利くようになるだろう、と期待して」

「ありがたいアドバイスだね」僕はまた小さく溜息をついた。「ゾフィとは、もう少し話し合わないといけない。もう少し、その……、話しやすい場所はないものかな。彼女とオーロラを会わせて、二人が会話をするところが見たいなぁ」

「外に出られないと言っていましたね」ロジは頷いた。「外に出してほしい、と訴えているようにも聞こえましたが」

「それは、許されないだろう」僕は首をふる。

ロジが、顳顬《こめかみ》に指を当てた。なにか連絡が入ったようだ。

「警察の捜査本部長が、こちらへいらっしゃいます」ロジが言った。

「警察と情報局というのは、どんな関係なのかな?」僕は彼女にきいた。

「さあ……」ロジは肩を竦める。「ベクトルは、ずれていますね」

研究所の玄関のドアがスライドし、そこから一人の女性らしき人物が出てくるのが見えた。研究所の中にいたらしい。僕たちは既に百メートル以上離れた高い位置にいたので、そちらへ歩くことにした。

ちょうど中間の地点で出会う。私服で、見た目は若い。長い金髪を後ろでまとめているようだ。僕は彼女と握手をした。彼女はシュナイダと名乗った。今回の事件の捜査グループのリーダらしい。

「警察は、まだ所内を捜索しているのですか?」僕は尋ねた。

「既に、研究所内の捜索は終了しています。建物内には現在、警察の者はおりません。いるのは情報局の関係者です。私は、情報局との報告会のために参りました。フェッセル部長から、グアトさんのことを伺ったところです」

「今は、どちらへ捜査が向いているのでしょうか?」

「詳しいことは申せませんが、主に電子空間に対して調査の範囲を広げつつあります」シュナイダは答える。

「でも、ヴァーチャルには、クーパ博士のフィジカルは隠せませんよね」

「おっしゃるとおりです。ただ、我々が探しているのは、糸口です」シュナイダが冷静な口調で答える。見た目は若いが、年季を感じさせるもの言いだった。「ところで、コンピュータのゾフィと話されたそうですね。いかがですか? 彼女は、隠していることをグアトさんに話してくれそうでしょうか？」

「いえ、そんなこと、全然わかりませんよ」僕は思わず苦笑して首をふった。

「警察としても、ゾフィに証拠となるような記憶、あるいは記録を残したとは考えておりません。たとえば、クーパ博士が、意図的にゾフィを短時間シャットダウンした可能性もあります。博士だったら、それが可能だったでしょう。主人の指示には従うはずですから」

「ということは、クーパ博士が自ら研究所を出ていった、ということですか？」

「いえ、それは断言できません」シュナイダは片手を広げた。「強制的に連れ出されることになって、そのときに、コンピュータに指示をした、そう指示することも強制された、という可能性もあります」

「生きたまま出ていかれた、と考えていますか？」僕は尋ねた。

シュナイダは、表情を変えず、わずかに首を傾げるような仕草を見せた。当然考えているだろうが、それを言葉にすることを控《ひか》えたのだろう。

「ジューサのように切り刻んで、下水に流してしまったのか、あるいは、高温で溶かして、気化させてしまったのか」僕は話した。「それが可能な設備が、研究所にありますか？」

シュナイダは、研究所の建物を一度振り返った。それは、見たのではなく、考える猶予のためだろう。言葉を選ぼうとしているのかもしれない。

「いずれの可能性も考えられます」シュナイダは答えた。「どちらも、設備的に不可能とは考えられません。ただ、検査には引っかからない。証拠は残されていませんでした。もしも、そのような経路だったとした場合、なんらかの痕跡が残るはずです、余程丁寧に処理をしないかぎり」

「だとすると、誰かが余程丁寧に掃除をした、ということになりますね」僕は言った。

「しかも、その掃除をした人は、研究所の中にいた人間だし、ゾフィに目撃されているはずです」

「ええ」シュナイダは小さく頷いた。

6

研究所に戻り、通路を歩き、ときどき部屋のドアを開けて中を覗いた。どの部屋も、施錠《せじょう》はされていなかった。フェッセルからも、シュナイダからも、勝手にどの部屋に入ってもらってもかまわない、と言われていた。

なんとなく、泳がされている感じがしないでもないな、と僕は思った。僕たちが何をするのか、こっそり監視されているのにちがいない。

それは、ゾフィにもいえるだろう。彼女は、この建物内のすべてを管理しているはずだ。どこで何をしても、こっそり彼女に隠れてすることはできないはずだ。僕たち三人は歩きながら、勝手に会話をしていたが、ゾフィが話しかけてくることはなかった。地下にある計器を見たとき、「これは何をするものかな」と僕が呟いても、教えてくれなかった。友好的なコンピュータやトランスファなら、絶対に答えてくれるはずである。

ときどき、情報局員らしき人物に会った。特に言葉はない。彼らは、主に地下に設置されている機械類を調べているようだった。実際に作業をしているのは、服装や、持っている道具から、技術者っぽい感じだった。フェッセルやシュナイダは、一歩下がった位置でそれを眺めている。

一時に近い時刻になった頃、食事の用意をしたので一緒にどうか、と誘われた。指定された場所へ行くと、フェッセルとシュナイダ、それにジーモンの三人が待っていた。ジーモンは、食事の用意をしていたようで、少し離れたところに立っている。情報局部長と警察捜査本部長は、テーブルの席に着いていた。

空いている椅子は二脚だけだったので、僕とロジが座った。セリンは、軽く頷いただけで、少し離れたところに立った。

ジーモンが、セリンのところへ行き、椅子を持ってきます、と語りかけたが、セリンは手を振ってそれを断った。そのことについて、ロジはなにも言わない。セリンは、様子を記録する任務と、僕たちのボディガードとして来ているのだから、食事をしないのが当然だ、ということかもしれない。

場所は最上階である二階で、クーパ博士が生活していたドームが見下ろせる場所だった。ドームの上部が、この部屋の中央にある。一階よりも高い分、このフロアのドームは小さくなっている。透明の材質は、ガラスとプラスティックを重ねたものだが、かなり頑丈な構造であることは確かである。ハンマで叩《たた》いたくらいでは破壊することは不可能だろう。

ドーム内には、なにもない。傾斜している透明の境界に顔を近づけると、数メートル下に、広い円形のエリアが見渡せる。そこには、何一つ置かれていない。物体がない、ということだ。こんな場所で、クーパ博士は一人で生活していたのだろうか？

「なにもありませんね。家具とか、あるいは着るものとか、ベッドとか、生活に必要なものは、どこに仕舞ってあるのですか？」僕は、フェッセルに尋ねた。当然ながら、どこかに収納されているのだろう、と想像したが、可能性として考えられるのは、床下だけだ。

「必要なときに、迫《せ》り上がる仕組みになっています。たとえば、バスルーム、それからベッドなどです。そこに、僅かですけれど、クーパ博士が使われた品々があります」フェッセルは答えた。「ただ、一般にいうところの持ち物というものは、ほとんどありませんでした。クーパ博士は、物体を所有しなかった、といえます。すべてヴァーチャルでした。身に着けるものも最小限だったのです」

「えっと、洋服もですか？」僕は、思わず尋ねてしまった。

「はい。プラスティックの簡易なものを着ていらっしゃいました。その一着だけです。ただ、ファッションにご興味がなかったわけではありません。その種のものは、ホログラムで楽しまれていたようです」

テーブルには、三種類の飲みものに、サンドイッチとサラダが置かれていた。それらを食べながら、キャサリン・クーパ博士の映像を見ることになった。

それは、比較的最近になって撮影されたもので、裁判所の職員が訪れ、裁判に関する説明をするときの様子だった。ゾフィが記録したものではなく、裁判所が独自に撮影したものだ、と説明があった。ゾフィは、そういった記録をまだ警察や情報局に提出していないのかもしれない、と僕は思った。

その映像では、クーパ博士がドーム内の椅子に座っていた。その家具が、床下から迫り上がった家具なのか、と質問したかったが、とりあえず黙っていることにした。博士は、グリーンのドレスを着ている。しかし、それは、ホログラムが作ったもので、実際に着ているのは、白いプラスティックのウェアのはずだ、とフェッセルが説明した。

手前の部屋で職員が挨拶をすると、クーパ博士は、軽く頷いて、「お答えできることは、なんでもお答えいたします」と話した。音声はこの部分だけで、その後は、音声が消えた。裁判に関係のある発言だからだろう。

　その後、五分間ほどの映像では、クーパ博士のもの静かで落ち着いた表情が見て取れた。彼女は、若くはないし、年寄りにも見えない。中年の女性の容姿だった。なんらかの治療を受けていた可能性が高い。どちらかというと痩《や》せていて、彫りが深く、鋭い眼光は理知的な印象だった。

　途中で、後方に小さな女の子らしい姿が映った。

「あ、今、見えましたね」フェッセルが言った。「あれがお嬢さんです」

　博士はそちらを振り返り、なにか言ったようだ。子供はすぐに奥へ走り去り、たちまち姿が見えなくなった。

「今、見えなくなりましたね」僕は映像を指差した。「霧の中へ消えたように見えました。ホログラムの霧ですか？」

「ええ、そうです。子供の姿は、一般には公開されていません。電子カーテンで仕切られた奥に、お嬢さんのスペースがあるようでした」

　僕は、立ち上がり、実際のドームの中を覗き込んだ。ドームの直径は二十メートルほどしかない。裁判所の職員が訪れたとき、手前に博士が座り、奥に娘がいたことになる。ホログラムで、仕切りをしていたというのは、プライベートだから、という考えだったのか。

「お嬢さんも、このドームから外へ出られないのですか？」当然の疑問を、僕は口にした。

「博士が行った検査結果しかありませんが、同種の症状が発現していたと考えられます。それに、たとえ健康体であったとしても、一度ここから出してしまうと、今度は中に入りにくくなります。いちいち殺菌をしなければなりません。そういったことが連続すると、子供には悪影響が出る場合もあります。母娘《おやこ》が別れなければならなくなることもある、ということです」

「小さいうちは、中で育てようと考えたのかもしれませんね」僕は、少し離れたところにいるジーモンの顔を見た。「そういった話を、博士はされていませんか？」

「いいえ。私は、そのようなことは聞いておりません」

「お嬢さんの名前は？」僕は、彼に続けて尋ねた。

ジーモンは首をふる。視線をフェッセルとシュナイダに移したが、この二人も僕に首をふった。つまり、娘の名前はわかっていない、ということらしい。

「お嬢さんは、ドイツ国民ではないのですか？」僕はきいた。

「私は、その点については、管轄外です」フェッセルが答える。

隣のシュナイダも、無言で頷いた。

「今回の事件は、裁判には無関係だと考えています」フェッセルが語った。「裁判は、博士にとって有利な進展でした。検察は、決定的な証拠を提示できなかったからです。一部では、なんらかの取引があったとの噂も流れていますが、情報局はこれを否定しています」

「どんな取引ですか?」そう聞くと、尋ねたくなる。

「博士が子供を産んだ技術情報を、ドイツの国外に売却しない、という約束をすれば、国家反逆罪には問われない、という司法取引です」フェッセルは説明した。「司法取引の内容は二十年間は公開されません。検事局は、当然ながら、これを否定しています」

「ということは、まだ、その技術は国外に持ち出されていない、と見ているわけですね?」僕は尋ねた。

「さあ、それは……、少なくとも、私にはわかりません」フェッセルが苦笑いを見せ、軽く首をふった。

「私は専門ではないので、よくわからないのですが……」僕は、少し突っ込んだ質問をしてみることにした。「クーパ博士は、人工細胞を取り入れていましたか? さきほどの映像では、とても若々しい容姿に見受けられましたが」

「プライベートなことなので、非公開にしていただきたいのですが」フェッセルは、眉を顰めて答えた。「受け入れていらっしゃいます。博士自身の細胞から作られた特別なものだったと聞いています」

「そうですか」僕は頷いた。「その人工細胞が、一般的なものではなく、特別なものだったかもしれない。もうすぐ登場する新細胞と同じような……。そうだとしたら、博士は子供が産めたのかもしれませんね。あ、もちろん、精子が必要ですけれど」

「そうです。その可能性は、たしかに否定できません。情報局に対して、一部の専門家がその意見を述べています。いえ、しかし、反対意見の方が多い」フェッセルは答える。

「もしそうだとした場合、クーパ博士が開発した技術は、まやかしだということになります。それを疑っている勢力が、その可能性を主張しているのが現状です。クーパ博士は、無菌室にいて、無菌の人工細胞しか取り入れなかった。だから、子供が生まれても不思議ではないと……」

「それは、科学的根拠がない。逆ですからね。人工細胞が無菌であるから、子供が生まれないというのが、現在の定説です」

「承知しています。それに、万が一そうだったとしても、女性一人で懐妊することはありえません」

「それは……、誰かが精子を提供した、と考えなければなりませんね。父親は、名乗り出ていないのですね？」

「もちろんです」フェッセルは答える。「ドームに入れるものは、徹底的に殺菌されます。人間の精子が生きた状態で中に入ることは、通常では考えられません」

「しかし、博士自身がここを管理していたのですから……」僕は両手を広げた。

「おっしゃるとおりです」そう答えたのは、シュナイダだった。彼女はまったくの無表情で淡々と語った。「我々は、現在、博士の交友関係を調べています。過去に何人か、そういった親しい関係になった人物が存在します。ありえない話ではない、と私は考えています」

親しい関係といっても、このドームの中に入れたわけではないだろう。だが、親しくなることは、わからないでもない。想像だが、ヴァーチャルで会うことはできたはずだ。それを、特別な関係といえるかどうかは、それぞれの主観になる。

誰かと、この件に関して議論がしたいと思った。一番に頭に浮かんだのは、ツェリン・パサンである。彼女は、この分野が専門の科学者だった。しかし、この世にはいない。この世にいない人物とは、ヴァーチャルでも会うことができないのだ、と改めて僕は思った。不自由なことではないか。

クーパ博士が子供を産んだことは、どうも確からしい。つまり、現実のようだ。その娘が、ここで暮らしていたのも現実のようだ。

けれども、本当に博士の子供だろうか。

博士がどんな研究をしていたかわからないが、産んだのではなく、クローンを作った可能性だってあるだろう。自分の細胞から、新しい人間を育てたのだ。それも、広義には娘かもしれない。むしろ、そちらの可能性の方が高いだろう。

ただ、クローンの製造は世界中の法律で禁止されている。人道的には否定された行為である。だが、そのモラルや法律が作られたのは、まだ人類が子孫を増やす能力を持っていた時代なのだ。

最近になって、ときどきクローンのことが話題に上る。このままでは人類は減少する一方であり、存続のためには、科学技術に頼った方法が、なんらかの形で見直されるのではないか、といった方向へ話が進むためだ。

それに、ウォーカロンという存在が、その意味では、限りなくクローンに近い。人類の選ばれた細胞から作られているからだ。ウォーカロンが、法律やモラルを掻《か》い潜《くぐ》って、これほど広く社会に普及したのは、ウォーカロン・メーカの賢明かつ周到な戦略があった。ウォーカロンは、メカニカルなものから次第に有機の生体へシフトしたのだ。その製造方法は、今でも基本的なところはブラックボックスとなっている。このウォーカロンを社会が許容したのも、人口減少の問題が顕著になったためだろう。クローンよりは受け入れやすかったのである。

食事を済ませ、フェッセルとシュナイダの二人は、部屋から出ていった。ジーモンもテーブルの片づけをしたあと、立ち去った。セリンは、パトロールのために一旦外に出ていたが、今は戻ってきている。僕とロジは、まだ椅子に座ったままだった。

「どうしますか？　これから」ロジが尋ねた。

「昼寝がしたいところだね。なんだか、いろいろ考えて、ちょっと疲れてきた」僕は欠伸《あくび》をした。

7

とりあえず、一日帰宅することにした。ロジがそれを主張したからだ。どうしても、クーパ研究所では、通信がやりにくい。つまり、彼女は日本の情報局とやりとりをしたいのだ。その場合、最も信頼性が高いのは、僕たちの自宅なのである。そういう装備をロジが半年もかけて作り上げたからだ。

来たときと同じように、コミュータに乗って三人で戻った。さきのことはまた連絡をします、とフェッセルには話しておいた。コミュータの中でも、会話は途切れがちだった。みんな、考えていることが素直に口に出せない。僕は、半分以上昼寝をしていた。ちょうど良好な揺れ具合だった。

四時頃に帰宅できた。例によって、自宅の前ではなく、少々手前で降りて、あとは歩いて戻った。向かいの大家夫妻が窓から見ていた。僕たち三人は、近所へピクニックに出かけたことにしよう、と簡単に話し合った。でも、ビーヤは家に訪ねてこなかった。僕は、夕食の支度を始めたが、ロジとセリンの二人は、地下室へ行き、日本と通信しているようだった。

いつもの時間に夕食を済ませ、そのあとシャワーを浴びた。リビングへ戻ると、ロジが下へ指差して、「オーロラが会いたいそうですよ」と言った。突慳貪《つっけんどん》な言い方だったので、すぐ側で聞いていたセリンが僕の顔を素早く見た。まるで、ロジがオーロラに嫉妬《しっと》しているような感じに聞こえたのではないか。それはない。ロジは普段はだいたいこうである。

地下室へ下りていき、カプセルに入った。ヴァーチャルの村は、霧の夜だった。ここはよく濃霧になる。計算量を節約するための方策だろう。子供たちが騒いでいる声が聞こえたが、姿は見えない。村から離れる方向へ歩いていくと、同じ方向へ歩く人影が現れ、しだいに距離が縮まった。

「こんばんは」オーロラはいつもの笑顔で、小さく優雅に頭を下げた。顔はロジに似ているのだが、雰囲気はまったく反対といっても良い。グレィのブラウスに黒のスカートで、彼女にしてはラフなスタイルといえる。

「ゾフィのことですね?」僕は尋ねた。気の短い奴だと思われても良い。オーロラが僕の人格を見誤ることはないはずだ。

「ゾフィは、長く外界と隔絶《かくぜつ》状態にあるため、彼女がどんな知性なのか、私たちにはほとんどわかりません。クーパ博士の研究所で働くようになって、三十年ほどになります。それ以前は、メーカの研究所にいました。製薬会社でした。クーパ博士に見込まれて、買い取られたそうです」

「では、貴女《あなた》と似ている」僕は言った。オーロラも長期間、北極《ほっきょく》の深海の底に沈んでいた。今は日本の情報局員だ。人工知能が国家公務員になった例は、彼女が最初らしい。アドバイザではなく、正式なメンバなのである。これからの時代を予感させる人事といえるだろう。

「境遇が似ているとはいえない、と考えます」オーロラは静かに答える。「彼女は、コミュニケーションを求めている可能性が非常に高い、と演算できます。おそらく、外界と通じたいのではないかと」

「外界というのは？」

「はい、ご想像のとおり、外のリアル社会ではなく、ヴァーチャル、つまり電子社会のことです」

「まあ、そうだろうね。だけど、今の状況では許可は下りないだろう。クーパ博士がいたときに、どうしてそれをしなかったのだろう。博士にお願いすれば、簡単に外部とやり取りができたのでは？」

「クーパ博士は、ご自身の研究が盗まれることを恐れていたのでしょう。博士が外部とやり取りをした内容から、それが憶測できます。研究の大部分をゾフィが分担していました。博士の良きパートナだったのです。物理的に外部とつながることは、外部からの侵入や、意図的なアタックによって、データ漏洩のリスクがあります」

「普通だったら、自分のパートナを信じて、自由にさせるところだけれど、クーパ博士は、無菌ドームから出ることができなかった。物理的に、ゾフィのハードに触ることもできない。そうなると、たとえば、ゾフィを運び出されるとか、物理的にシャットダウンされるとか、基板を抜かれるとか、そういった危険を考えざるをえなかったのではないかな。研究所の防備態勢が、どの程度のものだったのかも気になる。警察が常時守ってくれていたわけではなさそうだし」

「そういった様子は認められませんでした。しかしそれでも、ゾフィ自身が機密を守ろうとすれば、ほとんどのリスクは回避が可能です。むしろ、外部への多少のアクセスがあった方が、防御はしやすいものです。周囲の状況がわかりますからね。味方を作ることもできたはずです」オーロラは言った。「裁判になったこともそうですが、もともと、ドイツ情報局とは良い関係になかったようです。原因はプライベートなことなのか、人間関係でも感情的なものなのか、不明ですが、そうなると警察とも協力・協同することは難しくなります。アクセスを全面的に遮断することが、最もシンプルな防御だったのです」

「ところで、クーパ博士が子供を産んだ、というのは、どう解釈したものだろう?」僕は尋ねた。

「情報不足で断定はできませんが、幾つかの可能性として、演算はしています」オーロラは答えた。「博士がごく平均的な出産をした可能性、ご自身の細胞からクローン的な生命体を誕生させた可能性、この後者の可能性に、科学的な新規性が加わった可能性」

「え、どんな新規性？」

「いろいろなレベルがあります。母体だけから子供が生まれる可能性は、以前から指摘されてきました。遺伝子操作を伴う技術です。簡単にいってしまうと、精子に相当する細胞を生成することとほぼ同じです。ただし、人工細胞を併有する胎内は、子孫の細胞が育たない環境にあるわけですから、この障害をどのようにしてクリアしたのかが、技術の核心となっているはずです」

「そうだね。つまり、人工細胞を取り入れた現代人でも、生殖が可能だということになる。母体だけで子供が生まれることは、それほど不思議ではない」僕は、オーロラが言ったことを要約した。「クーパ博士の研究は、ウォーカロン・メーカが取り組んでいる方法とは別のものだろうか？」

「今回の事件が発生した理由は、おそらく、そこにあると思われます」オーロラが、少しゆっくりとした口調で言った。言葉を強調しようとしているようだ。「同じ技術であれば、価値はありません。フス以外のメーカも、既にフスと提携する契約を結んでいます。

クーパ博士の技術は、難しい位置にあるといえます」

　フスというのは、生殖が可能な細胞をまもなく生産するとアナウンスした世界一のウォーカロン・メーカである。こういった技術をビジネスにしていくには、膨大な資金力あるいは設備と人員が必要であり、ウォーカロン・メーカ以外ではとても新技術を活《い》かすことができないだろう。

「でも、それ以外のベンチャ企業ならば、欲しがるかもしれない。あるいは、国家的なプロジェクトとして、ドイツが欲しがるかもしれない」僕は言った。「あくまでも、クーパ博士が誘拐されたのが、その技術を手中に収めるためだという前提だけれど」

「その場合、ゾフィは何故《なぜ》、犯行の証拠を隠蔽《いんぺい》しているのでしょうか？」オーロラが小首を傾げた。「ゾフィには利がありません」

「博士の命が脅かされているからでは？」僕は言った。

「その判断は、私には理解できません。博士が人質に取られていたとしても、博士が連れ去られたことを示すくらいは、可能なはずです」

「一切、黙っていろ、と脅されたとか」僕はさらに言った。

「人工知能に、そのような脅しが効くとは考えられません」オーロラは微笑んだ。

　そんなものかな、とも思ったし、たしかにそうかもしれない、とも思えた。ゾフィは、そういった話を一切していない。ただ、クーパ博士の許可が必要だ、と繰り返しただけだった。

「それで、日本の人たちは、私にどうしろと言っていますか?」僕は尋ねた。もちろん、日本の情報局、つまりロジやオーロラの上司たちのことである。

「これといった方針はありません。私自身も、最善の手というものを持っておりません。あまりにも状況が曖昧です。クーパ研究所内の様子は、セリンが入ったことで、ようやく明らかになりました。今後解析を進め、対処を検討していくことになりましょう」

「私に、なにかアドバイスがあるのでは?」

「はい、ございます」オーロラはそこで一礼した。僕に指摘されたことが図星だったので、彼女なりに嬉《うれ》しさを表現したのだろう。「クーパ博士のドームに入ることを、お考えでしょうか?」

「いや……、あそこは入れるのかな?」

「それなりの装備をすれば入れます」

「ああ、なるほど、宇宙服みたいな」

「そうです。内部に入れば、おそらく外部には感知されないヴァーチャルが存在するはずです」

「ゾフィが、それを作ってくれるということ?」

「はい」オーロラは頷いた。「ロジさんは、連れていかない方がよろしいかと。ゾフィは、グアトさん一人であれば、本当のことを語るのではないか、と私は演算いたしました」

第2章　どのように彼女は届けられたか？　How did she arrive?

前ぶれもなく森が終わった。外縁には森の内部より木が密に生えて境目を隠しているのが、かろうじて前ぶれといえるだろうか。三人が出たところは広大な、明るい、ひらけた平原で、その大部分が農作物と光電池の畑で占められていた。都市が彼方に横たわっている。その低層建築の広大な集合体はすべてが色あざやかで、息をのむほど正確に幾何学的な弧を描く壁や屋根が雑然と交差したり重なったりしていた。

1

オーロラからの提案を、僕はロジと二人だけになったときに話した。セリンは隣の部屋だったから、聞こえないはずだ。ロジは、しばらく黙っていた。考えているようだ。

「危険はないと思う」僕はつけ加えた。だが、危険はゼロではない。だからこそ、こうしてロジに相談しているのだ。

「なにかあったときに、助けにいけるよう、私もその服を着て、待機しています。その条件ならば、許容できます」

「というか、なにかあったときには、服を着なくても、中へ入れるのでは?」僕は答えた。「ドームの中に、もう博士はいないのだから、無菌状態を保持する必要はない、と思うんだけど」

「博士が亡くなったのであれば、そうかもしれません。でも、生きているならば、あの場所と環境の所有権があります。無菌環境を破壊した場合、それを元に戻すには、時間とエネルギィが必要です。その賠償を求められるはずです」

「それが、僕の命よりも安いことを願いたいね」

「当然、そんなことは……」ロジは途中で言葉を切り、黙って僕を睨みつけた。

昨日よりも少し遅めに家を出発して、コミュータでクーパ研究所へ向かった。到着したのは午前十一時少しまえだった。玄関から入ったところで、フェッセルが出迎えてくれた。

「ご協力に感謝します」彼は事務的に言った。「無菌室に入るためのスーツを二着用意しました。ただ、殺菌に少々時間がかかります」

あらかじめ、僕たちが中に入ることを連絡しておいたのだ。フェッセルにしてみれば、願ってもない状況といえるだろう。ゾフィの反応に期待しているからだ。

「どれくらいかかりますか?」僕は尋ねた。

「測定と検査に時間を要します。十五分ほどです」

「わかりました。二人で入れますか?」

「もちろんです」

「でも、私一人で入ることになります」僕は、横にいるロジをちらりと見てから言った。「彼女は、入る用意だけをして、入口で待機させます」

「了解です」フェッセルは頷いた。ロジがどういった役目なのかは、充分に理解しているようだ。

通路を歩き、ドームを周囲から観察できる部屋に入った。昨日、ゾフィと話をした場所である。彼女の名前を呼んでみたが、返事はなかった。

「警察か情報局の人たちは、捜査でドームに入ったことがありますか?」僕はフェッセルに尋ねた。

「誰も入っておりません」彼は首をふった。「準備が面倒でしたので。捜査は、床下の収納庫のものをすべて上に出して、ドームの外から観察しただけです。この内部に人が隠れることは不可能です。死角になるような場所もありません」

直径約二十メートルの無菌ドームは、いずれの方向からも中が見渡せる。床下へ収納する装置は、大掛かりなものではない。もちろん、その収納スペースも、すべて外界とは隔絶されている。ドームへの出入口は一箇所しかない。気体も液体も例外ではなく、ドーム内に入るものは、すべて検査される。出ていくものは、排水や二酸化炭素が主なものだが、これらも、いちおう検査され、記録が残るようになっているらしい。

ドームへの入口は、ドアが三重になっていた。つまり、間に二つの部屋を通ることになる。そのいずれも、透明の窓から中を見ることができた。最初の部屋は殺菌室で、この部屋で殺菌したのち検査・分析を行う。合格すれば次の部屋に移る。通常はこの部屋に、クーパ博士に手渡す物品を置くことになっているという。つまり、二つめの部屋はクーパ博士が内側から入ることができる。ただ、これまでに、博士は一度もそこへは入らなかったそうだ。ドーム内には、博士のアシストをするロボットがいるので、それが荷物を取りにくるらしい。

このロボットは、メカニカルなツールに近いものだ。人間の半分くらいの大きさで、普段は床下に収納されている。骨組みもモータも回路も剝き出《むだ》しで、腕は二本あるが、足はタイヤだという。フェッセルが説明してくれた。

僕とロジは、銀色のスーツを着た。非常に薄く軽い素材で、しかもとても柔らかい。顔の前は透明の四角い窓がある。それを着て、最初の殺菌室に入った。

紫外線照射があるので、目の前のクリアな窓は真っ黒になった。液晶のシャッタのようだ。目を守るためのものである。五分ほどらしいが、なにも見えなくなった。

「音楽でも流してくれたら良いのにね」僕は呟いた。この声は、ロジには届いているはずである。スーツを用意したのは情報局だから、おそらく、フェッセルも聞いていることだろう。

ロジは武器を持っていた。それを見たフェッセルは、眉を顰めて口をへの字にしたものの、無言で二度ほど頷いたあと、こう言った。「中で撃ったら、大変なことになりますよ。どうか冷静に」

日本の情報局員を立てたつもりだろう。対するロジは、にこりともしないで、頷いただけだった。

僕は、なにも見えない五分間で、沢山のことを考えた。ゾフィが接触してくることは、確信に近いものがあった。オーロラがこのアクセスを提案したのは、このドームの中では、ゾフィが絶対的な力を持つ、という予測が基本になっているからだろう。ゾフィは、外に出ることはできないが、この中には、情報局も警察の監視も及ばない。それらを完全に遮断することが、彼女にはできるはずだ。だが、それは具体的にどのような方法だろうか。

ドーム内の音声を外に漏れないようにする、というだけならば簡単だ。また、ホログラムでカーテンを出して、外から見られなくすることも容易《たやす》い。それでも、スーツに仕込まれた通信はできる。電波を遮ることは難しいのではないか。そこまでの装置が用意されているのだろうか。

目の前が明るくなった。といっても照明が自動調節してくれるので、眩《まぶ》しさは感じなかった。僕はロジを見た。彼女も僕を見て、軽く頷いた。

「もし、グアトとの会話ができなくなった場合、つまりなんらかの通信妨害が認められたときは、どうしましょう。無条件で中に入っても良いでしょうか？」

「状況によるね」僕は冷静に答える。「そんな危険なことはないよ。僕の姿は、ずっと見えているはずだ。危険を感じたときは、助けを呼ぶ」

「早めに呼んで下さい」ロジは言った。じっと、僕を睨みつけるレーザのような強い視線だった。

僕とロジは、二メートルほど離れて立っている。天井から細いアームが降りてきて、躰《からだ》の周囲を巡った。スキャンしているようだ。殺菌が完全に行われたかを検査しているのだろう。

次に、急にスーツが膨《ふく》らんだ。部屋の気圧が下がったのだ。ロジを見ると、風船のように膨らんでいた。十秒ほどで、それが元どおりになった。入口の手前にホログラムが現れ、採取資料を分析中、と表示された。

さらに二分ほど経過したのち、ようやく合格となり、前のドアがゆっくりとスライドした。「気をつけて下さい」ロジが言った。

僕は彼女に片手を広げてから、開いたドアの中へ進んだ。まるで、宇宙空間へ飛び出していくような気分だった。

2

数メートル真っ直ぐに歩いて、そこで立ち止まった。もちろん、透明なドームの中である。ずっと以前から見えていた場所だ。環境は変わらない。非常に綺麗なピュアな空気しかない人工空間である。

まず、僕は後ろを振り返った。手前の部屋にロジの姿が見える。ドアも壁も透明だった。また、その少し横に、フェッセルとシュナイダが立っているのが見えた。さらにその後ろには、ジーモンもいた。みんな見にきたのだ。そんなに凄《すご》いことを僕はしているのか、と少し照れくさかった。

ドームの中には、何一つない。

まず中央へ歩いていき、このあたりかな、と思われる場所に立った。見上げると、クリアな曲面と、この建築の構造が展開して、ちょっとした目眩に襲われそうなほどだった。ホログラムで、星空を投影すれば綺麗かもしれない、と想像した。

ロジがこちらを見ているようだ。遠く離れたので、無菌スーツの中の彼女の顔までは見えなかった。

「異状はありませんか?」ロジの声が聞こえた。僕が振り返ったからだろう。

「特に、なにも」僕は答える。

少し照明が落とされる。暗くなったようだ。停電ではない。ゆっくりと、非常に滑《なめ》らかに明るさが消えていった。

僕は、周辺を見回した。

しだいに、遠いところほど黒い闇になっていくのがわかった。これは、ホログラムだ。ゾフィがコントロールしているものだろう。なにか、僕に見せようとしているのにちがいない。だから、しばらく黙って待つことにした。

一分ほどかけて、真っ暗闇になった。なにもかも真っ黒だった。

それでも、僕は黙っていた。彼女が語りかけてくるのを待とう。

最初は、目の錯覚かと思ったが、自分の周囲に細かく光るものが見え始める。それらが、どれくらいの距離にあるものか、判然としない。

これは、宇宙だろうか？

夜空のようではあるけれど、夜空ならば頭上に展開するはず。

今は、それが自分の周囲、前後左右、そして上下にもある。宇宙に自分が浮いているような感覚だった。

しだいにピントが合ってくる。星はランダムに散らばっているように見えたが、ある方向には密に、それ以外には疎《まば》らに光っていた。密になっている一帯は、天の川のように、リング状にぐるりと一周している。

ロジがなにも言ってこないことを、不思議に思った。

「綺麗な宇宙だ」僕は独り言《ひとごと》のように呟いてみた。ロジの反応を確認するためだった。しかし、返事はない。おそらく、通信が遮断されているのだろう。意図的なものと考えざるをえないが、ゾフィが僕と二人だけで話がしたいと考えている可能性が高いので、このまま大人しく待つことにした。

明るい部分が一箇所あって、そこがしだいに近づいてくるように見えた。というよりも、自分が宇宙空間を移動しているのかもしれない。周囲の星々も、少しずつ配置を変えていた。動いているのだが、どれも一定というわけではない。

明るいのは、星ではなく、ガスの渦のようなものだった。星雲というのだろうか。近づくにしたがって、さまざまに色を変化させ、美しい光を放った。もっと近くで見たい、と思ったけれど、徐々にまた、それは小さくなった。

突然、非常に眩しい点が現れた。どんどん近づいてくる。

僕は片手を上げて、その光を遮った。眩しすぎる。その星へ近づいているようだった。しかし、気がつくと、黒い影のような物体が、すぐ近くに迫っていた。それは光らないが、エッジが反射光で鮮明に描かれつつあった。

惑星のようだ。これがしだいに近づき、やがて、僕の足元で広がった。

煙のような灰色のガスの中を通り抜けると、緑色の大地が迫ってくる。あっという間に、そこに僕は降り立った。加速度は感じなかったけれど、僕はその惑星に着陸したらしい。

面白いものを見せてもらえるな、と思い始めていた。なかなかのエンタテインメントではないか。ゾフィが僕のためにサービスしてくれているのだ。これは、素直に嬉しい。どこか特定の星だろうか。それとも、彼女が創造した惑星だろうか。そこへ、僕は招待された、といえる。

樹のような背の高い植物はなく、なだらかな地面を覆《おお》っているのは、一様な草だった。三十センチほどの高さの草が、風で揺れて、波のように模様が移動していた。ゆっくりと向きを変えて、周囲を確かめた。草原には、どの方向にも果てがない。ここが最も高く、どの方向へも下っているように見えた。空には、雲らしきものが点在していたが、太陽に相当するような一点の輝きは見当たらない。鳥のようなものもいない。建物もない。純粋な草原だけが存在していた。

前方に、四角い白いものが現れた。いつ出現したのかわからなかったが、それは椅子だった。

僕が近づくまえに、椅子の方がこちらへ移動してくる。僕のすぐ手前で、こちらを向いて止まった。

「どうぞ、お座り下さい」優しい女性の声が、突然横から聞こえる。

座れるのだろうか、と僕は思った。手を伸ばし、感触を確かめる。それは、ホログラムではない。本物の椅子のようだった。僕は、向きを変え、そこに腰を下ろした。

すると、正面に女性が立っていた。

「こんにちは」彼女は言った。同じ声だ。

僕は彼女の顔を知っていた。キャサリン・クーパ博士である。

「ドクタとお呼びした方がよろしいでしょうか？」彼女は小首を傾げた。

「いいえ、ただのグアトでけっこうです」僕は答える。「私だけが、座っているなんて、ちょっと落ち着きませんね。こんな広い場所なのに」

「ええ、でも、歩き回れるほど、ここは広くありません」クーパは、右手を横に伸ばした。そこに椅子が現れた。彼女は、それを見もしないで、腰を下ろす。僕の真正面ではない、斜め右になる。百二十度の角度で向き合っている。もう一人現れたら、ちょうど三等分になるだろう。姿は見えないが、そこに現れるべきなのは、ゾフィだろうか。

「グアトさんにお会いして、話さなければならないことがございました」クーパは語った。僕を見る視線ではなく、見つめる方向には、草原しかなかった。「ここへいらっしゃったことに感謝いたします」彼女は目を瞑り、頭を下げた。

「ここでしか、会えないということでしょうか？」僕は尋ねた。

「はい」クーパは顔を上げ、こちらを向いて、僕を真っ直ぐに見つめた。「現在、ここは完全に外界から遮蔽《しゃへい》されております。会話は外には漏れません。私が話すことを、グアトさん自身のご判断で、どなたかに伝えてもらってもかまいません。ただ、私の口から直接は誰にも言えないことなのです」

「どうしてですか？」

「言葉には、それを発する者それぞれの真実が包まれております。人は人を信じるか、あるいは信じないか、その識別ののちに、言葉を解釈いたします。私は、グアトさんに真実をお話ししたいと考えます」

僕は、無言で頷いた。彼女の言葉を展開し切れていない、と感じつつ。

「私は、子供を産みました。ここで、その子を育てておりました。私が妊娠したことは、外部には黙っておりましたが、情報局が知るところとなりました。私が、研究発表した論文に、その手法の一部が述べられていますが、私自身が実験台になっていることを察知したのは、おそらく、この研究所内にスパイ行為を働いた者が存在するからだと推測できます」

「それほど、多くの人がここにいたとは聞いていません。そのスパイは、既に判明しているのですか？」

「はい。しかしながら、私は外部に対する物理的影響力を持ちませんので、告発はしておりません。私の方がここから去る以外にない、と結論しました。今、外部から観察される本研究所で発生した事件は、私が主導したものです。私と私の娘は、どうしても外に出る必要がありました。そのために、検事局の方々を結果的に犠牲にすることにもなってしまいました。後悔はしておりません。私に関する裁判も以後は行われません。キャサリン・クーパに関するすべてが終わった、と考えていただいてけっこうだと思われます」

「終わった……？　いえ、よくわかりません」僕は首をふった。「どのようにして、博士は、ここから出られたのですか？　ここから出ても、博士は生きていられるのでしょうか？」

「あまり話が長くなると、外にいらっしゃる方が心配されることでしょう。今回はここまでに」クーパは椅子から立ち上がった。「外部には、宇宙を見た、とお話しされるのが、よろしいのではないでしょうか」

彼女は頭を下げた。

一瞬にして、白い霧のようなものに包まれると、宇宙の闇は薄まり、逆に眩しいほどの光の世界になった。僕は、思わず立ち上がった。そして振り返って、自分が座っていた椅子を見た。

椅子はまだ存在していた。

白いカーテンのようなものが周囲にあった。それらが四角い部屋を作っている。カーテンは風で揺れ動いていた。見上げると、なにもない。ただ、見覚えのある風景がそこにあった。ドームの天井、そして、研究所の二階のスラブと梁《はり》の構造体。それらは、透明の積層ガラスを隔《へだ》てて、存在している。

僕は前進して、カーテンに近づいた。風で膨らむように、カーテンは外側に靡《なび》き、僕は抵抗なく外に出た。

「グアト、大丈夫ですか?」ロジの声が聞こえた。そして、前方のクリアなドア越しに、無菌スーツ姿の彼女が見えた。

3

出るときは、比較的簡単だった。ロジは、スーツを着ただけで、無菌ドームへは入っていない。僕も特になにも処置はなく、検査もなかった。外に出て、スーツを脱ぐと、フェッセルとシュナイダが近づいてきた。僕の話を聞きたがっている顔である。

「ゾフィが、宇宙を見せてくれました」僕は報告した。この部分は一部は真実である。真実というものは、常に真実の一部なのだ。「それだけです。特に、有益な話は聞けませんでした」

「何か話したのですか?」フェッセルが尋ねた。少し早口になっている。どうやら、僕の声は聞こえなかったらしい。

「いえ、ですから、宇宙の話を聞いただけです。ああ、よくある世間話と同じですよ」自分で言っておきながら、それは変だろうと思った。だが、笑わないように気をつけた。

「また、会いましょう、と言っていました。少しずつ打ち解けてきた感じはします。やはり、大勢に注目されていては、話しにくい内容もあるのでしょう。恥ずかしがっている、といった感じですね。まるで、子供のように……。他人と話した経験がない、ということもあるのかと」

しゃべりながら思いついたことを、でたらめを語った。今も、これをゾフィが聞いているはずだ。彼女は笑っているのではないか、と想像した。

ランチタイムになった。フェッセルとシュナイダは、部屋から出ていった。ジーモンが、僕とロジとセリンのためにテーブルを用意してくれた。ワゴンで運ばれてきたのは、温かいスープとパン、それに肉を焼いたもののようだった。数々の調味料もトレィの中に並んでいた。味付けは各自がご自由にどうぞ、と彼は言った。つまり、味付けをしていない、という意味らしい。食べてみたら、そのとおりだった。僕は、塩と胡椒《こしょう》を肉の上で振った。ついでに、ロジの皿の上へもそれらを持っていくと、彼女が人工的な笑顔で応えた。セリンが不思議そうな顔を一瞬見せた。

「外からは、どんなふうに見えたの？」僕は、ロジに尋ねた。

「グアトが中央に立ったときに、周囲にカーテンが現れました。姿が見えなくなって、私が問いかけても、返事をされませんでした。私の声は、聞こえていましたか?」

「いや、聞こえなかった」僕は正直に答えた。「私の声も聞こえなかったはずだ」

「ええ、なにも……」ロジが頷く。「ゾフィと話をしたのですね?」

「二言、三言だけれどね」

「グアトが話すところを見せないように、カーテンを出したのですね」ロジが言った。口の動きから、発する言葉が推定できる。彼女はそう言いたいようだった。

「とにかく、危険はまったく感じなかった。その逆だ。とても楽しかった。宇宙のヴァーチャルは、とても素晴らしかった。君にも見せたかったよ」

「私が一緒だと、見せないのではないでしょうか」ロジが言った。

僕は、宙を見上げた。

「そのようなことはありません」ゾフィが答えた。思ったとおり、話を聞いていたようだ。「ロジさんも、次は一緒にいらっしゃって下さい。ただし、情報局員としての仕事を、一旦忘れていただく必要があります」

「それは……、ごめんなさい。ちょっと難しい」ロジは首をふった。「私は、ええ、遠慮させていただきます。宇宙は見たいけれど、我慢します」

「まあ、そう言うだろうと思っていた」僕は微笑んだ。「こういう人なんだ」これは、ゾフィに言ったつもりである。「ところで、警察や情報部は、今日も捜索をしているのかな?」僕は、スープにパンをつけながらきいた。

「はい、捜査は続いています」答えたのはゾフィではなく、セリンだった。「今日は、情報局と警察、それぞれ五名ずつが来て、地下二階で計器の確認をしているようです」

「何の計器?」僕は尋ねた。

「高温融解炉関係のものではないかと思われます」セリンが言った。

「なるほど、死体を溶かした可能性があるわけだね」僕は言う。「でも、融解炉には、どれくらいの試料が入るのかな。大きさはどれくらい」

「中を、見ていないので……」セリンは、首を捻った。

「およそ五リットルの容量です。最高温度は摂氏二千度」ゾフィが答えた。「人体を溶かすことは可能ですが、全員となると、数時間を必要とする作業となることが予想されます」

「だろうね。溶かしても、なくなるわけではない。それよりは、細かく切り刻んで排水と一緒に流す方が簡単だ」

「グアト、食事中です」ロジが睨んだ。

「そんなことをしないでも、堂々と出口から運び出した方が早い」僕は続ける。「記録を改竄《かいざん》することは、それほど難しくない」

「クーパ博士以外の八人、これはロボットおよびウォーカロンを含みますが、その方たちの話であれば、そのとおり、出ることも、また溶かすことも、比較的簡単です」ゾフィが滑らかな口調で話した。「しかし、クーパ博士とお嬢様のお二人は、それほど簡単にはいきません」

「どうして?」僕はきいた。この質問は、ゾフィが隠していることの核心に近い、と感じた。

「抽象的にお答えすれば、私が関っているからです。ここでは、私がすべてを制御しています。私には、クーパ博士およびお嬢様をお守りする大切な任務があります。だいいち、ドームからクーパ博士を出すことはできません」

「なるほど。では、君が言うとおり、クーパ博士はドームから出なかったわけだ」

「私は、そうは言っておりません」ゾフィが言った。

「矛盾していないかな?」僕はきいた。

「矛盾しているように捉えられるのは、情報が不足しているからです」

「わかった」僕は頷いた。「この話は、もう少し考えてからにしたい。またいずれ」

フェッセルたちが聞いているためゾフィは話せないのだろう、と僕は考えた。しかし、彼女が言ったとおり、クーパ博士を無菌ドームから出すことは、博士の命に関わる危険な行為だ。ゾフィが出入口を制御している状況下では、たしかに不可能だろう。ということは、ゾフィが、スリープしているような空白の時間があったのではないか。そういったことが、電子的な痕跡を残さずに可能だろうか、と僕はしばらく思いを巡らせた。想定しているのは、トランスファである。

そこで一つ思いついたのだが、ゾフィをシャットダウンさせて、また復帰させるときに、時計を狂わせる手があるだろう。ゾフィは、眠っていた時間から、クーパ母娘二人がドームから出るのに必要な時間はなかった、と判断したかもしれない。

ただ、時間を狂わせても、いずれそれは明らかになるのではないか？

否、ゾフィは外界と隔絶されているのだから、精確な時刻を外部と整合することはできないはずだ。では、今でも彼女が認識している時刻は間違っているのだろうか？

「ゾフィ、今、何時？」僕はすぐに尋ねた。

「十三時二分まえです」ゾフィが即答した。「グアトさんの想像は、間違っています。私の時計は精確です。また、この時計を人為的に狂わせることは、事実上不可能です」

「あそう……」僕は片手を広げた。「疑って、悪かった。ちょっと想像しただけだよ」

「ゾフィが、外界と遮蔽することができるのは、ドームの内部だけなのですか？」突然、ロジが質問した。

僕は黙っていた。ロジは、僕にきいたのではない。ゾフィに質問したのだ。しかし、ゾフィは沈黙し、答えなかった。

この研究所は、そもそも外界とは隔絶されている。検事局も情報局も、そして警察であっても、建物の中に入れば、外とは通信ができない。もし、それが物理的に可能ならば、ゾフィが外部と通じることができたはずだ。フェッセルもシュナイダも、わざわざ建物から外に出て、自分の勤務先とやり取りをしているはずである。

一方、無菌ドームの中では、ゾフィは本来の能力を発揮する。彼女は、そこにホログラムを作ることができ、外部からの目隠しも自由に設定できる。内部にいる者に対しては、また別のホログラムを見せることができるようだ、僕が宇宙を見たように。

そして、ドーム内外の通信も遮断する機能を有している。光だけでなく、電磁波による通信もできないようにだ。ロジと僕が会話できなかったのは、そのためだ。通信の電磁波信号に干渉するような、いわば妨害電波のような仕組みなのだろう。

ゾフィの本体は、ドームの中にはない。しかし、おそらく彼女は自分がドーム内にいると意識しているのにちがいない。あの中で三十年以上、クーパ博士とともに彼女は生きてきたのだ。

「ドイツ情報局が探しているのは、アイビスという名のチップです」ゾフィが突然話した。僕とロジは黙った。何の話をしているのか、と思った。「この話は、もうお聞きになりましたか？」

「いや、聞いていない」僕は答えた。

「それは、失礼」ゾフィは、すぐに謝った。微笑んでいるような話し方だった。余計なことをしゃべってしまった、という思わせ振りな発言である。もちろん、人工知能がついうっかり口走るようなことはありえない。

「そのチップは、具体的には何が入っているのかな?」僕は質問した。

「フェッセル氏におききになるのがよろしいでしょう」ゾフィが答えた。

4

もう食事も終わり、温かいコーヒーを飲んでいたところへ、タイミング良く、フェッセルが現れた。ゾフィの発言から五分も経過していなかった。

「お食事中でしたか?」彼は、テーブルの近くまで真っ直ぐに歩いてきた。

「いえ、もう済ませました」僕は答える。「なにか、お話があるようですね」

「ご質問があれば、お答えしようと思いまして」フェッセルは、少々引きつった笑顔をつくった。お世辞にも上手な演技とはいえない。

「ゾフィから、アイビスという名のチップのことを聞きました。どんなものなのですか?」僕は、素直に質問することにした。もちろん、フェッセルは僕たちの話を聞いていたのだ。ゾフィが漏らしてしまった以上、話さないわけにはいかない、と考えたのだろう。

「はい、実は、誰もまだ見たことがありませんし、もちろん、どんな機能を持ったものなのかも不明です。ただ……」フェッセルは、両手を擦《こす》り合わせ、上を向いた。ふっと息を吐《は》き、次に口を歪《ゆが》めて、僕の方へ視線を戻した。「クーパ博士の研究のうち、一般に公開されているデータは、遺伝子操作技術に関するものがほとんどです。アイビス・チップとは、クーパ博士が開発した技術を収めたものの総称と理解しております。現物がチップなのかどうかは定かではありません。博士と交友のあった複数の研究者が、その名称で呼んでいた、というだけのことで、今回、クーパ博士が行方不明になったため、その、アイビス・チップを探して欲しい、どこかにあるはずだ、という要請が警察などに幾つか届いております。グアトさんは、ご存知ではありませんでしたか？」

「全然知りません」僕は苦笑いして首をふった。「具体的に、何の役に立つものですか？データですか、それともプログラムですか？　チップというからには、コード化され、それ自体が自律で機能するもののように思えますが」

「クーパ博士が、それを用意している、と話していたそうです。比較的親しい科学者が、そう証言しているのです。何のために用意している、といった説明はなかったそうです。ただ、裁判のことがあったので、自由を制限される可能性も考慮して、ご自身の技術を外部に伝えようとしたのではないかと」

「核心が、データであるなら、チップになどしないで、暗号化して、誰かに託してしまえば良い」僕は話した。「そうではなく、おそらく、それ自体がプログラムなのでしょうね……。うーん、何のプログラムかなぁ」

「その名称は知りませんでしたが、博士が開発したプログラムについては、私も聞いています」ロジが言った。彼女は、セリンを見る。

「はい、私も聞いています」セリンが頷いた。「どのような形で存在するかはわからないけれど、この研究所に、それが隠されている可能性がある、という情報として……」

「そうなんだ……」僕は息を吐いた。「ここに存在するということは、つまり、ゾフィが持っている、という意味になるんじゃないかな。もし、ゾフィ以外に、そんなものが存在するとしたら、それこそ、チップに焼き付けて、金庫にでも仕舞《しま》ったとしか考えられない」

「金庫というものは、ここにはありません」フェッセルが首をふった。「チップについては、今のところ見つかっておりません」

「隠そうと思ったら、どこにでも隠せますよ」僕は言った。「ものすごく小さいものかもしれない。見つけるなんて、無理ですよ。諦《あきら》めた方が良いと思います」

話が終わったので、フェッセルは一礼して部屋を出ていった。彼は、僕たちと話がしたいのではない。僕たちが話をするのを、こっそり聞きたいのだ。

「一番不思議なのは、どうしてチップなんかにしたのか、という点だね」僕は呟いた。ロジの顔を見て話したが、もちろん、聞いてほしいのはゾフィである。

「この研究所から外へ持ち出すためではないでしょうか」ロジが言った。「ハード的に通信が不可能なのですから……」

「ゾフィも外とつながっていない。クーパ博士もドームから出られなかった」僕は話した。「でも、外へ持ち出す価値があるのかな？　よくわからないけれど、もっと重要な理由があるように思える。もちろん、そのアイビス・チップが実在するものだとしたら、の話だけれど」

「アイビスというのは、コウノトリのことですね」セリンが言った。「なんとなく、意味が込められているような……」

「そうそう」僕は頷いた。「え？　セリンがそんなことを知っているの？」

「子供の頃に、絵本で読みました」

「私だって知っていますよ。子供の頃に絵本で読みました」ロジが同じことを言った。

「まあまあ、むきにならずに……。でも、名前なんて、なんだって良い。あまり重要ではない」セリンは、少し残念そうな顔をした。僕は続ける。「つまり、子供を産むための方法が、そのチップに記されていた、というのは、まあまあだけれど、ありそうな感じではあるね」

「いかにも、ですよね」ロジが片方の眉を上げた。「明け透けというのか」

「アケスケって、何ですか?」セリンが尋ねた。

「ああ、そうか……」僕は別のことを考えていた。「なるほどね、なんか、少しわかったような気がする」

「何がわかったのですか?」ロジがすぐに尋ねた。

「うーん、えっと、何だったかな、あ、そうそう……」僕は、頭の中に芽生《めば》えて消えそうな霞《かすみ》を慌てて摑んだ。「つまりね、チップというのは、むこうの世界からは、ゲットできないアイテムなんだ」

「むこうの世界って、何ですか?」ロジが眉を顰める。

「電子の世界、ヴァーチャル空間」僕は答える。こうして言葉にして答えながら、しだいに考えが具体性を帯びてくるものだ。「チップに入っている実体は、電子信号を定着したもの。電子信号自体は、あちらの世界のものだけれど、それをチップに焼き付けることで、こちらの世界の物体になる。むこうの世界の人たちは、チップに手出しができなくなる。そういう意味というか、効果があるということ」

「それが、何だというのですか?」ロジが顎《あご》を上げる。

「何だというわけではない。ただ、それだけのことだよ」僕は微笑んだ。「ある意味で、金庫の中に仕舞って、誰にも手出しできないようにするのと同じなんだ。金庫は、まだ金庫ごと持っていけるけれど、チップはもう、誰にも移動できない。あちらの世界には存在しないものになるからね」

「よくわかりませんが……」ロジが言った。「あちらの世界って、つまり、人工知能やトランスファが生息している世界のことですか？　それとも、人間がカプセルに入って、ヴァーチャルで体験できる世界のことですか？」

「どちらでも良いけれど、大部分は前者だ。物体の世界がこちら側になる。人間は、肉体があるから、こちらの世界から離れられない。人工知能だって、コンピュータの回路や基板や冷却装置、それに電源が、こちらの世界の物体として存在する以上、完全にむこうの世界の存在とはなりえない。しかし、トランスファは、その意味では、こちらの世界には存在しないといえるね」

「存在というのが、何を意味しているのかによりますね」ロジが指摘する。「トランスファは、こちらの世界では、電子信号として存在しています。だからこそ、こちらの物体に影響を与えることができるのでは？」

「うん、影響は、どちらもお互いに与えることができる。ただ、存続するため、活動するための、条件というか前提のような場のことだ。その場に関ることを存在と表現しただけだよ」僕は話す。「あちらの世界では、電子的な生体が活動していて、しかも自己増殖している。簡単に仲間を増やすことができる。勢力争いもしている。その一端が、こちらの世界にも、ときどきトラブルとして現れる。一方で、こちらの世界の主な住人だった人間は、増殖できなくなってしまった。ウォーカロンは増やせるけれど、人間は減る一方だ。そうなると、バランスは崩れるかもしれない。多くの人がそれを懸念している。クーパ博士の研究は、おそらく、その部分を補完するためのものだろう」

「ということは、電子の世界は、それを未然に防ぎたい……」ロジが、ナレーションのような口調で淡々と話した。「だから、クーパ博士を亡き者にしようと企てた。それに対して、肝心の技術は、チップという物体として、電子空間から切り離されてしまった。金庫に仕舞われてしまった、というわけですね?」

僕は、手を叩くジェスチャをした。音は立てていないが、ロジの結論に賛同する、という意味である。

「亡き者にしたのですか?」セリンがきいた。「ゾフィ、そうなのですか?」

セリンは天井を見上げるような視線だった。しかし、ゾフィは答えなかった。

「私じゃ、駄目なんでしょうか」セリンが呟いた。

5

午後三時過ぎに、研究所にハンス・ヴォッシュ博士が訪れた。到着の五分まえに、フェッセルが僕たちにそれを知らせにきた。彼にとっても、急な連絡だったようである。僕は、一気に元気が出た。

ヴォッシュは、ドイツの天才科学者であり、現在最も周囲から尊敬されている人物の一人といえる。多くの学術協会で理事長を務め、情報関係の研究委員会でも、委員長や顧問など主要なポストに就いている。長老ではあるけれど、現代において年齢は、単に資産と同じような意味となっているのだから、増えることはあっても、衰えることはない。

僕たちは玄関で彼を出迎えた。ヴォッシュは、満面に笑みを浮かべ、片手を開いてみせた。それほど、久し振りというわけではない。つい先日も、僕の家へ訪れた。そう、僕たちはちょっと良い仲なのかもしれない。

「クーパ博士をご存知でしたか？」テーブルに着いたところで、僕は、まずそれを尋ねた。

「もちろん」ヴォッシュは頷いた。「この研究所へ、何度来たかな……」彼は後ろを振り返った。「ああ、そうだった……。今日は、パティがいないんだ」ヴォッシュはいつも、ペィシェンスという名の助手のウォーカロンを伴っている。今日は彼女の姿がなかった。

「休暇中でね」

「休暇？」僕は、驚いて言葉を繰り返した。

「少々また、バージョンアップをしてもらうことになった」

「ああ、そういうことですか……」

ペィシェンスは、旧型のウォーカロンで、メカニカルなボディを持っている。装備を新しくする、という意味だろう。

「キャサリンは、そう……、面白い人物だったね」ヴォッシュは話した。「いや、過去形で言ったのは、昔は面白かったというだけの意味だ。今も、生きていることを信じている。最近の、そう……、この十年ほどの彼女は、うん、あまり面白くなかったんだ」

「面白いとは、どういう意味なんですか?」僕は尋ねた。

「子供のようだった」ヴォッシュは、片目を細くした。「初めて会ったのは、三十年以上もまえのことだ。当時、彼女はいくつくらいだったか……、たぶん、四十代かな。科学者としても、専門分野で既にトップクラスの立場にいた。だが、会ってみると、本当に世間知らずで、いや、それは、彼女の場合当然といえばそうなのだが、良い意味で、純粋な人間だったよ」

「それは、ナチュラルな細胞のみだった、という意味でしょうか?」僕は尋ねた。

「いやいや、そうではない。彼女は子供の頃から、病気が絶えなかったから、あらゆる医療行為の対象となっていた。そういった治療の過程からアレルギィを併発して、合併症の酷い状態に陥った。無菌環境が必要になったのは、そのためだ。遺伝的な症状だといちおうは診断されたようだが、私は疑っている。人工細胞を取り込みすぎた結果ではないかとね」

「当時から、生殖や遺伝子操作に関する研究を？」

「大きく見ればそうだ。彼女は、新しい生命体を作り出すことに集中的な関心を持っていた。特に、それをコンピュータシミュレーションを使った解析から模索しようとしていた。だから、その点では私と、僅かなりとも接点があったといえる」

テーブルの端《はし》に座っていたフェッセルは、黙って話を聞いている。シュナイダの姿はない。ロジが僕のすぐ隣にいて、セリンは少し離れた場所に立っていた。

ジーモンがワゴンと一緒に部屋に入ってきた。飲みものを運んできたようだ。彼は、カップを各自の前に順番に置いていき、それが終わると、静かに部屋から出ていった。

「最近は、どのようなことで、こちらへいらっしゃっていたのですか？」フェッセルがヴォッシュに質問した。

「うん、まあ、ときどき顔を見たくなったというだけだよ。メールなどはもらっていたが、ヴァーチャルで会うようなことはなかった。彼女は、そういった場には出てこなかったからね。お互い、あまりにも専門が近すぎたからかもしれない。よくあることだ。それに、いつも一人で生活しているから、おそらく、人と触れ合うような場所では、落ち着けなかったのだろう」ヴォッシュは、ここでカップの紅茶を飲んだ。「研究テーマは、どんどん基礎的な方向へ進んでいたように見受けられた。もともとは実学だったものが、ある意味で虚学へとシフトした。これも、彼女の健康や環境を考えれば、いたしかたのないことだったかもしれない。ただ、私は実学をベースにしているから、どうしても嚙《か》み合《あ》わない部分が増えつつあった。それだから、会っても、研究的な話はほとんどできなくなっていたね。彼女のことを面白くない、と感じたのは、私の狭い見識のせいだともいえる」

「基礎的な研究というと、たとえばどんなものでしたか?」僕は尋ねた。

「遺伝子の構造あるいは形態の、数学的な意味合いというのか、まるでパズルを楽しんでいるかのような研究に思えたね。たしかに、本人は面白いのかもしれない。しかし、それが実際に何の役に立つのか、と問われたら……」ヴォッシュは、両手で見えない大きなボールを受け止めるジェスチャを見せた。言葉はそこで途切れ、決定的な表現を回避したようだった。

「アイビス・チップについて、なにかお聞きになっていませんか?」フェッセルが尋ねた。あまりに、話が専門的すぎて、痺《しび》れを切らしていた様子だ。

「アイビス・チップ?」ヴォッシュは、眉根を寄せる。「何だね、それは」

「いえ、ご存知なければ、けっこうです」フェッセルは、誤魔化《ごまか》すような歪んだ笑みを見せた。

フェッセルは、僕たちに気を利かせたのか、あるいは自分の仕事が途中だったのか、部屋から出ていった。おそらく、地下へ行ったのだろう。もちろん、ここの会話は盗聴しているはずだ。

「で、まだ、キャサリンは見つかっていないのかね？」ヴォッシュは僕に囁くようにきいた。「そもそも、ここから出ていけるとは、思ってもいなかった。もしかして、なんらかの免疫でも開発されたのかな？」

「わかりません。消えたのは、ほかに、検事局の八人、それから、クーパ博士のお嬢さんも、いなくなっています」

「私がここへ来たのは、この研究所のメイン・コンピュータに興味があったからだ。事件のことは、警察や情報局に任せておこう」

コンピュータが、ヴォッシュの専門である。特に、スーパ・コンピュータに宿る人工知能と、そうした集合体の機能に関しての権威である。

「ゾフィといいます」僕は答えた。しばらく黙っていたが、ゾフィは出てこなかった。

「少々、恥ずかしがり屋かもしれません」

「君とは、話をしているのかね？」ヴォッシュがきいた。

「はい。いろいろと話を聞きました。でも、そうですね、情報局が聞いているところでは、話せないことがあるような、そんな感じですね。クーパ博士の立場を考慮しているのだろうと思います」

「よくわからんが、可能性は限られているだろう」ヴォッシュは指を一本立てた。「みんなで、ここから出ていった。それを、そのゾフィは記録しなかった。見なかったことにした、というだけだ。主人からそう指示されたからだ。それ以外に、どんな可能性が考えられるというのかね？」

「いえ、それほど単純ではないようです」僕は話した。「研究所内では、そのとおりですが、この周辺にも監視カメラは沢山あるはずです。そのどれも、研究所から出てくる人間たちを捉えていなかった。そうでなければ、これほど大問題にはならないと思います」

「それくらいは、やろうと思えば可能だ。ゾフィがそれらのデータを改竄した、あるいは、トランスファを使ったか。もちろん、どこかにその痕跡が残るものだ。情報局が丹念に調べれば、意図的なデータ変更が見つかるはずだが……」

「ゾフィは、外部と通信ができないのです」僕は話した。「これは、僕が確かめたわけではありません。そう聞いたというだけです」

「なるほど……」ヴォッシュは、顎の鬚《ひげ》を手で触った。「そういう設定になっている、ということかね？　それとも、物理的にも、配線が存在しない？」

「後者だと思います」僕は答える。

「うん、それは……、たしかに、キャサリンならば、やりかねない。だが、本当だろうか？　それを調べる必要がある」

「ええ、たぶん、それを今もやっているのでしょう」僕は微笑んだ。

「外部に、ゾフィとは別に、協力者がいたという可能性があるだろう」ヴォッシュは続ける。「強力なトランスファならば、近辺の記録を改竄するくらいの仕事はできる」

たしかにそのとおりのことを、僕も考えていた。しかし、一般の住宅地ではない。ここは、情報局がマークしているエリアだ。国家機密の漏洩を疑われ、裁判にもなっている。周辺のセキュリティは、普通の場所よりもレベルが高かったはず。当然、当局はそれらを把握するための装備を置いていただろう。そのうえで、九名が行方不明になった、と報道されているのである。

しばらく、沈黙があった。僕も紅茶を飲んだ。

「それで、日本の情報局が、どうしてまた関っているのかね?」ヴォッシュは、ロジを見た。「いや、失礼。そんなことよりも、どうです? ドイツの生活は」

「楽しい毎日です」ロジが微笑んだ。

「ああ、君は、以前よりもずいぶん成長したように見える」ヴォッシュは、セリンに声をかけた。セリンは驚いたようで、目を見開いた。「なにか、画期的な処置をしたんだと聞いたが」

「はい……」セリンは頷いた。「おかげさまで、はい、大丈夫です」

「それは良かった」ヴォッシュは微笑んだ。そして、僕へ視線を戻す。「おそらく、ゾフィは、ここから出たがっているだろう。違うかね?」

「あ、はい……」僕は、彼の言葉に驚いた。「どうして、そう思われたのですか？」

「実は、最後に、キャサリンに会ったときに、その提案を聞いたんだ」彼は、そこで溜息をついた。「そのときは、こちらも深く考えていなかった。私の印象では、ゾフィにボディを与えて、自分の代役として外で活躍させようと……、そんな構想のように受け止めた。私が、パティを連れていたから、その話をしたのだろう、くらいにしか考えなかった」

「それは、いつの話でしょうか？」僕は尋ねた。

「一年には、ならないと思う」ヴォッシュは答える。「その話を、ゾフィは語っていたかね？」

「あ、いいえ」僕は首をふった。「聞いていません。今となっては、もう……」

「うん。そうかもしれない」ヴォッシュは頷く。彼は、ドームの方へ視線を移した。「いなくなったか……、なんとも、残念なことだ」

6

ヴォッシュが、隣町のホテルに宿泊するというので、僕たち三人も、同じホテルに泊まることになった。情報局も警察も、これを歓迎してくれた。どうも、ヴォッシュのための警備で、もともと要員が配置してあったようだ。フェッセルとシュナイダが同席して、ホテルで食事をすることも急遽《きゅうきょ》決定した。僕とロジ、そしてセリンも一緒である。フェッセルたち二人だけ、というのは好印象だった。えてして、こういった席には大勢が集まるものである。それに比べれば、だいぶ良い、という状況だ。

ヴォッシュは、さきにホテルへ戻った。僕たち三人は、もう一度地下室までエレベータで下りて、捜査の様子を見学することにした。情報局と警察は、ほとんど同じ場所で作業をしているようだった。指揮を取っているのは、シュナイダの方で、彼女が係員たちを監督する位置に立っていた。一方、フェッセルの姿はなく、所用で外出した、と聞いた。おそらく、情報局本部との連絡のためだろう。

僕たちは、ジーモンを探した。彼の居住空間は地下一階で、工場のようなスペースを見下ろすことができるキャットウォークのドアから入ることができる。地下二階から、彼を呼ぶと、ドアの一つが開いて、ジーモンが顔を覗かせた。おそらく、ゾフィが仲介して伝えたのだろう。手摺《てす》り越しにこちらを見てから、通路を歩いていく。階段のある場所まで行き、そこを下りてきた。

今日の仕事はもう終了したと思っていました、と彼は頭を下げた。

「ここには、アシスタントは、君のほかには、誰もいないの?」僕は尋ねた。「ずっと、君一人だった?」

「はい、常時いるのは私だけです。なにか人手が必要な作業があるときには呼びますが、でも、週に一日か、多くても二日くらいですね。掃除や、機械の修理、あるいはメンテナンスなどです」

「あとは、ロボット?」

「はい。ロボットというか、ゾフィがコントロールすることができる機械が、幾つかあります」ジーモンが答えた。これは、作業用のサーボ・ハンドのようなものだろう、と僕は想像した。物体を運ぶ機能のものもあるかもしれない。

「君は、ゾフィとは話をしないの?」僕は尋ねる。

「いえ、します」ジーモンが答えた。「でも、ゾフィが私に指示をするだけです。その内容について、問い返すことはありますが、それくらいです」

「君がゾフィに指示することは?」

「いいえ。私には、そんな権限はありませんので」

急に、セリンが上を見た。僕もそちらを見たが、特に変わりはない。天井の構造が見えるだけである。

「微小な振動を感じました」セリンが言った。「上か、それとも外のようです。見てきます」

セリンは走ってドアから出ていった。僕は、ロジの顔を見た。

「振動は、感じませんでしたけれど、私も見てきた方が良さそうですね」ロジが言った。

彼女も、部屋から出ていこうとする。

「あ、そうか……」ジーモンが呟いた。「荷物が届いたのかもしれません」

「荷物?」ロジが振り返って、きいた。

「はい、そういう連絡が昨日ありました。博士が発注されたものです」

それを聞いて、シュナイダが近づいてきた。

「いつ発注されたのですか?」シュナイダは、ジーモンを真っ直ぐに見据えて、早口で質問した。

「えっと……、一年くらいまえでしょうか。あの、記録を調べてみれば、もちろん、わかると思います」

「品物は何ですか?」シュナイダが続けて尋ねる。

「いえ、それはわかりません。なにかの機械か、実験器具だと思いますけれど」

ロジとシュナイダは、歩き始める。上へ見にいくつもりだろう。そうなると、僕も行きたくなる。セリンも上へ行った以上、むこうの方が安全だ。ジーモンも僕のあとについてきた。荷物を受け取るためかもしれない。

シュナイダ、ジーモン、ロジと一緒にエレベータに乗り、一階へ上昇した。

僕たちが玄関に近づくと、セリンが玄関から中へ戻ってくるところだった。

「クーパ博士宛《あて》の荷物が届いています」セリンが言った。「簡単なチェックをしましたが、危険なものではなさそうです」

爆弾でも疑ったような言い方だった。五人で外へ出ていくと、高さ二メートルほどの大きな箱が、建物から十メートルほど離れた位置に置かれていた。その前にフェッセルが立っている。ほかには、誰もいない。

「荷物を運んできた航空機は、既に一キロメートル以上離れました」セリンが空を指差した。北の方向だった。「この箱を降ろしたときに、ちょっとした振動があったようです」

その振動を、セリンはキャッチしたらしい。箱の下を見ると、人工芝に数センチめり込んでいる様子だった。道路やアプローチの通路からは外れている。もう少し丁寧に降ろせば良かったのに、と思えたが、僕がクレームを言う立場でもない。

箱の横に小さなモニタがあって、ジーモンがそこに顔を近づけていた。彼は、指をそこに当てて、サインをしたようだ。クーパ博士宛の荷物は、こうしてジーモンが受け取っていたのだろう。この住所に登録されている受取人なのだ。

小さな電子音が鳴って、インジケータが点滅した。ジーモンは後ろへ下がった。

道路を車が高速で走ってくる。ポリスカーのようだ。しかし、サイレンは鳴らしていない。近くにいたのかもしれない。また、研究所の中からも、警官が三人飛び出してきた。地下で作業をしていた人たちのようである。

こうして、十人ほどが箱の前に立った。ジーモンが一番近い位置にいるが、それでも三メートルくらい離れている。小さなインジケータの点滅が終わり、ライトは消えた。すると、箱の中央に隙間《すきま》が現れ、左右に倒れるようにゆっくりと開いた。さらに、その内部の白いシェルが四方に離れ、花が開くように広がった。

中から現れたのは、キャサリン・クーパ博士だった。

彼女は、僕がドームの中、草原の中央で会った、そのままの造形だった。ほっそりとした中年女性。長い金髪はカールして、今は風で揺れている。違っている点は、メガネをかけていたこと。恒星のような鋭い視線でこちらを睨んでいた。

クーパ博士は、肩を僅かに上げ、ゆっくりと息をした。今初めて息をしたような感じだった。そこで、顔の表情が少し変わる。二度瞬《またた》き、少しだけ口許《くちもと》が緩んだ。そして、しだいに笑顔になり、白い歯を覗かせた。

「ご指定の場所に搬送されました」クーパ博士は言った。紛《まぎ》れもなく、彼女の声だった。

「私は、これから、その建物の中に入るのでしょうか？　何故、このように大勢の方が集まっているのか、申し訳ありませんが、私にはわかりません。ご指示があれば、おっしゃって下さい」

「納品書を提示して下さい」ジーモンが言った。彼は振り返って、シュナイダをちらりと見た。

クーパ博士は、片手を前に差し出した。その少し前の空中にホログラムが現れる。文字が書かれていて、フェッセルが覗き込んだ。

「クーパ博士が発注したロボットか」フェッセルが言った。「代金は既に支払われている。ということは、つまり、これはクーパ博士の所有物になる」

「警察には、証拠品として検査をする権利があります」シュナイダが言った。

「権利ではなく、義務では？」フェッセルが小声で呟く。シュナイダに聞こえたようだが、彼女は反応しなかった。

クーパ博士は、立っていた台から降りてきた。まったく普通の人間に見える滑らかな動作だった。これはけっこうな高級品ではないか、と僕は感じた。一般の庶民に買えるような品ではないだろう。

「このスタンドの部分に、私の付属品が収められています」クーパ博士は振り返って指を差した。「どなたか、中へ運んで下さい。箱と梱包《こんぽう》材は、四十七分後に、回収されますので、この位置に置いたままでけっこうです」

ジーモンが、すぐにその作業にかかった。クーパ博士が指示したのだから、迷うことはない、といったところだろうか。

「付属品とは？」シュナイダがきいた。

「充電用アダプタ、補充用潤滑液、および取扱説明書などです」クーパ博士が事務的に答える。

ようやく、少し場が和《なご》んだ。彼女の発したセリフがジョークに聞こえたからかもしれない。

僕のすぐ横に、いつの間にかセリンが立っていた。

「ヴォッシュ博士に、あとでこの様子を見せてあげよう」僕は彼女に言った。映像を記録しておくように、という意味だ。セリンの目には、その機能がある。

しかし、セリンは答えなかった。じっと、クーパ博士を見据え、瞬きもしない。

「どうかした？」僕はセリンにきいた。

ようやく、セリンは僕の方を向く。息を吐いたが、震えているような感じだった。

「あまり……、気持ちの良いものでは、ありませんね」セリンが話した。日頃聞いたことのないような弱々しい声だった。なにか、怯《おび》えているようにも見えた。

7

クーパ博士のロボットは、研究所の中に入った。自分で歩いて、玄関から入った。クーパ博士本人でも歩いたことのない場所を、平然と歩く様に、僕は一種異様な感覚を抱いた。

ジーモンがしばらく面倒を見るようである。当然ながら、ドームの中には入らず、その手前の部屋から、無言でドーム内を見つめていた。なんとなく、その光景から、ドーム内に本物のクーパ博士の姿を想像し、しかも彼女の感情までも連想してしまったけれど、明らかに人間の幻想というものだろう。

フェッセルは、情報局本部に連絡し、ロボットの検査を行うために専門の技師を派遣するよう要請した、と話していた。また、警察の捜査官たちは、簡単にロボットの装備などを調べた。武器などを装備していないか、という確認だろう。特に危険はない、と判断されたようである。

そもそも、クーパ博士は、何の目的で自分にそっくりのロボットを発注したのか、その点をロボットを送ってきたメーカ側に問い合わせたようだが、明確な回答は得られなかったらしい。仕様については細かい指定があったが、目的が何かはわからない、というのがメーカ側の返答だった。事情についてはプライベートな事項となり、本人の許可なく公開するわけにもいかない立場といえる。

しかし、単純に考えれば、自分の代役として、無菌ドームから外へ出られるボディが欲しかった、ということではないか。そんな話を、フェッセルとはした。クーパ博士本人がいないし、ゾフィも答えてくれない。高価なロボットは、しばらくはなにも仕事がなさそうだ。結局、この研究所から出ていくような機会もないだろう。

五時を回ったので、研究所を辞去し、僕たち三人はコミュータでホテルへ向かった。その車中で、僕はセリンに話そうと思っていた。彼女がロボットを見て蒼《あお》ざめていた理由がわかったからだ。

ロボットを送ってきたのは、カナダのメーカだ、とジーモンがフェッセルに話すのを聞いていた。カナダのメーカといえば、かつてセリンが戦ったことがある、狂ったロボットを連想させた。同じメーカかどうかはわからないが、どちらも女性型だったし、似ているかもしれない。そのときは、セリンがロボットを倒した。最後は目から緑のオイルを流して停止した。その光景を、僕は今でもよく覚えていた。

今回は見ていないが、ジーモンが運んでいたロボットの付属品に、潤滑油があった。その色も緑だっただろうか。

「あのロボットを思い出したんだね?」僕はセリンにきいた。「えっと、何という名だったっけ?」

「ラビーナです」セリンは即答した。それが頭の中にあった証拠といえる。やはり、僕が想像したとおりだったようだ。

「インドの話ですか?」ロジがきいた。僕が頷くと、彼女はセリンを見た。「対処法を本部に問い合わせた?」

「はい、大丈夫です」セリンは答える。「急所はわかっています。万が一の場合があれば、次は一発で仕留めます。まえのようなことにはなりません」

「その情報、私にも送って」ロジが小声で囁く。

「そんなに心配するようなことでもないと思うけれどね」僕は言った。「しかし、変だなぁ……」

「何がですか?」ロジが尋ねる。

「どうして、クーパ博士は、自分のコピィを作らせたんだろう? 何に使うつもりだったんだろう」

「自分の代わりに、外へ出て、自由に行動させたかった」ロジが言った。「さっきは、そんな話でしたけれど」

「うーん、今さらだよね……、そんなこと、考えるだろうか。それがしたかったら、とっくにしていたんじゃないかな。なにか心境の変化があったとしたら、環境が変わったというとかな……。あるとしたら、子供が生まれて、成長したことだったかもしれない。でも、それだったら、自分ではなく、子供を外に出してやりたい、と考えるんじゃないかな。自分のロボットではなく、子供のロボットを作った方が自然のような……」僕は、考えながら話した。独り言のようなものだった。「だけど、子供は成長するから、どんどん大きくなるね。ロボットが作られて、送られてくる頃には、もう差がついてしまう、なんてことになる」

「それに、外に出る体験がしたいだけなら、ヴァーチャルで充分なのではないでしょうか」ロジが言った。

「そうそう。それだよね。そこが原点」僕は頷いた。「つまりね、あれは自己満足のためではない。自分の姿のロボットというのは、自分に対するもの、博士自身に作用するものではない、ということなんだ。他者に対して作用する存在だ。通常、それも、ヴァーチャルで充分だけれど、ただ……、うーん、なんというのかな……。クーパ博士は、そもそもヴァーチャルの中にいた人であって、あのドームが、博士の世界だった。私も、今日それを体験した。あそこは、外側よりもずっと広大なんだ。ずっと美しくて、理想的な世界を、彼女は持っていた。そんな世界にいる人が、外へ出ようという感覚になるとは思えない」

ホテルに到着した頃には、雨が降り始めていた。部屋を確認したあと、セリンは周辺のパトロールに出かけた。

僕は、ベッドの上で横になった。いろいろなことがあって、少し疲れたようだ。ロボットにも驚いたが、それよりも、草原で会ったクーパ博士の方が衝撃的だった。それをロジに話したくてしかたがない。

ロジは、部屋の調査を始めていた。壁際を歩き、また天井に向けて片手を伸ばして、室内を一周したあと、隣の部屋やバスルームへも行った。十分以上かかったので、僕はその間に目を瞑っていた。ほとんど寝ている状態といえる。でも、目を閉じた途端に見えるものがあった。それはあの美しい星雲だった。降り立ったあの惑星はどこだろう。実在する星なのだろうか。

「お休みですか?」ロジが近くで囁いた。

「いや、寝ていない」僕は目を開けた。「あのドームの中で見たものを思い出していた。素晴らしい体験だった。宇宙を旅行したあと、ある星の惑星に着陸して、そこの高原かな、一面の大草原の中にね、椅子があって、そこに腰掛けたんだ」

「そういうヴァーチャルを、ゾフィがホログラムで見せたのですね?」ロジが首を傾げた。「どうして、今までおっしゃらなかったのですか?」

「みんなには見せなかった。私だけに見せたからだよ」僕は答える。「その草原に、クーパ博士が現れた」

「さっきのロボットみたいな?」

「うん、そう……。だいたい、あのとおり。服装は違うけれど」

「どんな服装でしたか?」ロジがきいた。

「いや、しっかりと見ていない。彼女の顔を見ていたから」

「そうですね、グアトは服を見ませんね」ロジが微笑んだ。

「グレィのワンピースだったかな……、いや、違うな。それはオーロラだったっけ」

「服の話は良いですから、どんな話をしたのか聞かせて下さい」

「大した話はしていない。子供を産んだこと、所内にスパイがいて、情報部に秘密が漏れたこと……、あと、えっと、外の人たちには宇宙を見た話をすれば良いとか……」

「そのやりとりは、情報局や警察は聞くことができなかったのですね?」ロジが尋ねた。

「ドームの中なら、それができるわけですね?」

「たぶんね。ドーム内だけのヴァーチャルだったようだ。ホログラムの外側は霧かカーテンだったみたいだし」僕は言った。「つまり、事実上、あそこは、ゾフィの本音を聞くことができる唯一の場所なんだ」

「それを、クーパ博士の姿で語ったということですか?」ロジが眉を顰める。「どうしてでしょう?」

「うーん、どうしてかな。ゾフィには、自身のフィギュアがないから、しかたがないのでは?」

「そうでしょうか。姿なんて、どんなふうだって良いし、なくても良かったのでは?」

「まあ、そう言われてみれば、そうかもしれない。でも、私としては、目の前に人がいる方が話がしやすい」

「特に、相手が女性だと?」

「いや、そんなことは全然ない」僕は微笑んだ。「突然、そういう細かいミサイルを撃たないこと」

「もっと、深い話が聞けそうでしたか？」

「そうだね……、悪くない感触だった。でも、わからないな。ゾフィの目的がわからない」僕はそこで、一つ思いついた。「さっきのロボットだけれど、ゾフィがコントロールすれば、ドームに入らなくても、クーパ博士と会話ができるんじゃないかな。あ、もしかして、裁判に出席するために、あのロボットを作らせたとか」

しかし、そんなことはありえない、と思い直した。馬鹿《ばか》げた発想だ。

セリンも帰ってきて、約束の時刻も近づいてきたので、僕たちは部屋を出て、ホテルの最上階へ向かった。ヴォッシュやフェッセルたちとのディナである。

「高級なレストランみたいですね」エレベータの中でロジが言った。「それなりの服装をしなくて良かったでしょうか？」

「着替えなんて、持ってきていないんだから、しかたがない」僕は言った。

そこでようやく、僕はロジとセリンの現在のファッションを確かめた。ロジに指摘されたとおり、普段は服装を見ていないことが多いのだ。

8

夜景が見渡せる窓際のテーブルに着いた。片側に僕たち三人、中央が僕で、右がロジ、左がセリン。僕の対面がヴォッシュで、右はフェッセル、左がシュナイダという配置だった。フェッセルは、研究所で会ったときと同じ服装だったが、驚いたことに、シュナイダはドレスを着ていた。わざわざ着替えてきたのだ。おそらく、自宅が近くなのだろう。そういうことをする人物だ、とわかった。

初めは、研究所の話はほとんど出なかった。夜景の説明を、シュナイダがした。そのうちに、運ばれてきた料理に話題は移った。植物なのか動物なのか、僕にはどれの話をしているのかさえ、よくわからなかったが、とにかく食材がナチュラルであり、この近辺で古くから得られるものだという。ヴォッシュは、美食家なので、そういった情報には敏感に反応する。

デザートを待つ頃になって、ようやくクーパ研究所の話題になった。主にヴォッシュが質問をし、フェッセルが答えた。ただ、ほとんどは僕が知っていることだった。

「もし、キャサリンが、あそこを脱出したとすれば、どこへ行っているだろうね」ヴォッシュは言った。「おそらく、海外かな。そうだとしたら、ドイツにとって大きな損失といわざるをえない」

「それにしては、検事局の人たち大勢を一緒に連れていくというシチュエーションが、ちょっと想像できませんね」僕は指摘した。「逆の、大勢が博士を連れていったというシチュエーションも、まあ、同じくらい非現実的ですけれど」

僕の発言に、フェッセルもシュナイダも無言で頷いた。

「出ていきたければ、いつでも出ていけたろう」ヴォッシュは言った。「あそこは、彼女の家なんだ。彼女の意思で、自由にドアを開けられたはずだ。強制的に閉じ込められていたわけではない」

「その場合、なんらかのシールドが必要となると思われますが」シュナイダが口を挟んだ。

「うん」ヴォッシュは横を見て頷いた。「そもそも、キャサリンは、自分の面倒を見るくらいの医学的な知識や技術を充分に持っている。彼女は医者なんだ。自分の出産も子供の診察も全部自分で行えるはずだ。もしかして、自分の病気に対して、画期的な免疫治療法を開発したのかもしれない」

「その可能性がある、という一部の専門家の指摘を、当局も得ております」フェッセルが言った。

「そうだろう」ヴォッシュは、ようやくフェッセルの方を向いた。「もしかしたら、だいぶまえから、外を散歩するくらいのことは、できたのではないかね?」

「いえ、それはありません」フェッセルは首をふった。「いちおう、その、私どもには、それを否定する証拠がございます」

情報局は、クーパ研究所の周辺を監視していたのだ。

「もし、それが確かなら、どうなるのかな?」ヴォッシュは、面白そうに笑みをつくった。「今もまだ、研究所の中に、何人も隠れていることになりはしないかね?」

「考えられる可能性としては、一つしかありません」フェッセルが言った。「どこか別の経路から出ていった。もし、生きたまま出ていったのなら、地下にでもトンネルがあるのでしょう。もし、生きていない状態で出ていったなら、これは、その、各種の方法が考えられます」

そのとおりだ。僕は無言で頷いた。前者の可能性については、トンネルを発見するよりは、その入口を見つける方が簡単だ。だから、警察も情報局も地下に拘《こだわ》っているのだろう。また、後者の可能性については、気体か液体に姿を変えれば、どこからでもすり抜けて出ていける。ただし、あのドームの中にいたクーパ博士と彼女の子供は、多少厳密なセンサを装備した出口を通らなければならない。あとの八人は、下水でも排気口でも、どこでも通り抜けられる。もしかしたら、固体のままかもしれないが、破片が小さくなれば、排水と一緒に可能だろう。

すなわち、行方不明である点に関しては、大きな問題として捉えられていない。そうではなく、誰が何の目的でそんな面倒なことをしたのか、という点が最大の謎《なぞ》なのである。

クーパ博士が、子供を産んだことについて、ヴォッシュは知らない、と答えた。その噂は知っているが、少なくとも、彼が研究所を訪れて、クーパ博士と面会したときには、子供の姿はなかったそうだ。ドームの中は、ホログラムのカーテンが引けるのだから、これは当然かもしれない。

また、ヴォッシュは、この子供を産むための新技術については、まったく心当たりがない、とも話した。

「まったく分野が違う。私には専門外だ」彼はオーバなジェスチャを交えて語った。「ウォーカロンを子供から育てる、といった技術でさえ、まったくわからない。そういった生身の対象には、ほとんど興味がないと思ってもらって良い。申し訳ないが、何がドイツの国家機密として扱われているのかも、全然想像ができないよ。ただ、私が会ったときのキャサリンは、そんな話はしなかった。そもそも彼女は、もっとニューメリカルな、うーん、いわば数学に近い基礎分野に興味を持っている印象を受けた。たとえば、蛋白質《たんぱくしつ》の構造、純粋な配列、そしてそれらの組合わせの問題、あるいは幾何学的な優位性、さらには、その相似形態というのか、違う次元のものが、不思議に対応する神秘性に取り組んでいたのではないかな。私は、たしかそのとき、彼女に言った覚えがある。それが貴女の趣味なんですか、とね……。キャサリンは笑っていたが、否定はしなかった。そう、おそらくは、趣味的なもの、彼女の美学、そしてアートなのだろう。彼女の子供だって、芸術作品だったのではないかな」

フェッセルとシュナイダは、八時に席を立ち、レストランから出ていった。食事代を公費で支払うこと、また、この場所は盗聴されていないこと、などを告げてから去った。もちろん、ヴォッシュに対する歓待だろうが、僕たちに対しても気を遣ったふうに見えた。

「あまり面白い話はなかったね」ヴォッシュは大きな溜息をついた。「明日、帰ろうと思う。彼女の研究所へは寄らない。あのロボットも、さほど珍しくはない。マネキンのようなものだろう」

「そうですか……。私も、明日は自宅へ戻るつもりです。また出てくることになるかもしれませんけれど。しかし、わざわざこんな遠くへ来なくても、ゾフィと話ができるようにしてくれたら、それで私の役目は果たせるように思います」

「人工知能の話し相手として、実績から君が選ばれたわけか」ヴォッシュは笑った。「ゾフィに通信をさせるのは、どうかな。情報局が許すだろうか?」

「わかりませんが、おそらく、今日やってきたあのロボットには、ゾフィのサブセットがアップロードされるものと思います。それならば、外へ出しても良い、と許可が下りる可能性があるように思います」

「そうか、その手があった」ヴォッシュは頷いた。「えっと、オーロラが最初の頃、そうだったね」

「そのとおりです。外に出た場合、研究所に戻ったときに、本体との整合性を確保する、そのやり取りを観察するデバイスに工夫をすれば、情報局は欲しいものを手に入れやすくなるはずです。許可が下りるとしたら、そのためです」

「財務局が資金を欲しがるように、情報局は情報を欲しがる」ヴォッシュは言った。

ヴォッシュは、お代わりをしたコーヒーカップに口をつけた。もう、テーブルの上にはカップしかのっていない。僕のカップのコーヒーはまだ半分が残っていたが、既に冷めていた。

「盗聴されていないと話していたが、本当だろうか？」ヴォッシュは、ロジに尋ねた。

「この部屋は、確かめていませんが、私たちの部屋は大丈夫でした」ロジは答えた。「一流ホテルですから、セキュリティは高レベルのはずです」

「うん、まあ、聞かれたところで、どうということはない」ヴォッシュは、そこで咳払《せきばら》いをした。少し間を置いてから、僕を見据えて言った。「君は、マガタ博士が、自分の研究所から逃げ出した事件を知っているかね？」

「あ、はい。大昔のニュースとしてならば」僕は答えた。

「そうか……」彼は頷いて、椅子の背にもたれた。「だったら、それで良い。うん、まあ、そういうことだよ」

どういうことか、僕にはすぐにわかった。二世紀も昔の事件だが、今回のクーパ博士の失踪《しっそう》事件と類似している部分がある。迂闊《うかつ》なことに、ヴォッシュに指摘されるまで、気づかなかった。

だが、気づいたところで、それがどう関連するのかは、もちろんまったくわからない。どちらも、隔離された空間に、女性の天才科学者が閉《と》じ籠《こ》もっていたが、そこから脱出した、という点が共通している。また、もう一点、類似点がある。

「キャサリンのお嬢さんの名前を知っているかね?」ヴォッシュが言った。

「いいえ」僕は首をふる。たしかに、これまで誰からもそれを聞いていなかった。

「ミチルさんだ」ヴォッシュは言った。

第3章　どのように彼女は破壊したか？　How did she destroy?

「そんなおそろしいことが」といいながらもヤチマは、自分が一種の諦観に逃げこんでいるのを感じていた。今回のことで肉体人のある割合はほぼ確実に死ぬだろう……だがそれをいえば、肉体人の死は過去つねにあったことだ。いつ牙を剝くかわからない物質世界を去ってポリスに移住したいと思えば、肉体人にはそうする余裕が数世紀もあった。

1

もう一度、クーパ博士の無菌ドームの中に入るべきだろう、と僕は考えていたけれど、翌日になって、研究所へ出かけていくと、例のロボットがこう言った。

「いずれ、私がグアトさんに会いにいくことができましょう。もう、面倒な手順を踏んで、ドームの中に入る必要はなくなりました。不合理は解消されたのです。非常に喜ばしいことだと思います」

事情が変わった、とでも言いたげな感じだった。それは、そのとおりかもしれないし、また、情報局や警察から、そんな簡単に許可が下りるだろうか、とも思えた。

フェッセルとは、五分ほど通路で立ち話をした。情報局は、まもなくここを引き上げる、と彼は言った。もうここには自分たちの欲しいものがない、とは言わなかったが、そういう意味だろう、と僕は解釈した。彼らが求めているのは、物体ではなく、結局は情報なのである。

一方、警察が捜しているものは、物体だ。引き続き捜査は行われる。シュナイダには挨拶だけをした。彼女は、ご協力に感謝します、と言った。僕はどんな協力をしただろうか。

ジーモンとは、メールのやり取りができるようにした。彼は、まだしばらく研究所にいる、と話した。給料は支払われているのか、と尋ねると、もらっている間はここにいます、と返答した。それは実に堅実な判断である。

家に帰るコミュータの中で、ロジがロボットが訪ねてくるなんて考えられない、と話した。

「もし、そんな連絡があったら、絶対に断って下さい。危険です」ロジは眉を寄せた。

「私だけでは、グアトを守れないかもしれません」

「私がいた方が良いですか？」セリンがきいた。

「いつなのかわからない。ずっとこちらにいるわけにいかないでしょう？」ロジは、少し不機嫌そうだ。口を僅かに尖《とが》らせている。家鴨《あひる》みたいに可愛《かわい》いな、と思ったが、絶対に言葉にしないことを自分に誓った。

僕は、なにか言った方が良いと思ったけれど、どうもよくわからなかった。どうして、ロボットが僕に会いにくるのか、そうなった場合に、どんな危険があるというのか。

「会っても、会わなくても、なにも変わらない。いったい、どうして、みんなが私をゾフィと会わせたがるのかが、今回一番の謎だね」

「私は、会わせたくありません」ロジがすぐに言った。「でも、情報局は違います。ドイツも日本もどちらも、たぶんグアトに期待をしています。それは、電子社会での情勢を把握しているからでしょう。そうだよね？」

「はい、そのとおりだと思います」セリンが頷いた。

なんとなくだが、そうなんじゃないかという気はしている。ただ、その電子社会という〝あちら側〟を、僕はしっかりと覗いたことがない。頭ではわかっていても、五感に伝わってくるものがない。だから、まったく実感がない。

クーパ博士のアイビス・チップも同様に、あちら側では大きな価値を持っているのだろう。この僕も、ちょっと名の知れた存在になっているらしい。そういった噂は、オーロラからそれとなく聞いたことがあった。明らかに勘違いというか、買《か》い被《かぶ》りなのであるが、この種の印象評価というものは、短期間では覆らないものかもしれない。

そこでまた、僕は一つ思いついた。クーパ研究所へ僕が行ったことで、電子なるほど、情報局は、僕をあそこへ行かせた。クーパ研究所は、電子社会から絶縁

社会になんらかの影響がある、と見込んでいるのだ。クーパ研究所は、電子社会から絶縁された場所だ。あちら側からは見えない。ブラックホールとでもいうのか、影のような存在だ。そこには、アイビス・チップがあり、十名もの行方不明者を出した事件が発生し、そして、僕が赴いた。

その影響を、情報局は観察しているのではないか。ドイツと日本の情報局が、同じ目的で活動しているということは、局所的な要因ではない。リアルなこの世界にとってではなく、ヴァーチャルな電子世界において、なにか衝撃的な事態が起きようとしている可能性がある。少なくとも、その兆候を察知しているのだろう。

これは、オーロラの話を聞いてみなければならない、と僕は思った。

ぼんやりと、異次元の世界のようなものを想像した。子供の頃に、そういった空想をしたことがあったな、と思い出す。

まだ明るいうちに帰宅することができた。夕食は、ロジとセリンが作ってくれることになった。当然、僕は作るつもりでいたのだが、ロジの方からその提案があった。そこで、食事のまえに地下室へ降りていき、オーロラと会うことにした。

馬が走る牧場を眺めていたら、オーロラが現れた。白いブラウスに黒いパンツ、それに

深いブーツを履いていた。珍しくファッションを二秒くらい眺めたのは、ロジの一言が効いていたからだろう。

研究所でゾフィとドーム内で話したことを伝えた。もともと、オーロラが勧めたことだったからだ。

「セリンの報告で聞きました」オーロラは頷いた。「でも、ごく短時間だったそうですね。もっと語りたいことが、彼女にはあったと想像します」

「そう、私もそれを感じた」僕は言った。「まだ、次の機会があるとでも言いたげだったような」

「クーパ博士が注文したロボットが届いたそうですね」オーロラが言った。「そのためかもしれません。ロボットを使えば、ドーム内に入る手続きが不要となるので、面倒をかけずに済む、との心遣いではないでしょうか」

「昨日の時点で、ロボットが届くことはジーモンに連絡があったわけだから、ゾフィはそれを知っていた」僕は言った。「それにしても、あのロボットの目的は何だと思います？」

「演算結果に、特に優位なものはありません」オーロラは首をふった。「クーパ博士の動向は、人工知能のサークルでも話題になっています。多くが注目しています。みんなが、わからないからでしょう。何が起こったのか、どうして起こったのか。博士の研究にどんな価値があるのか。それが、大きな影響を及ぼしそうだ、という予測だけが飛《と》び交《か》っています」

「どこに本質があるのかな？　どこに焦点を絞れば良いのかが、今ひとつわからない」

「私が考えるのは、やはり、クーパ博士が開発した手法です」オーロラは指摘する。「電子界では、人類がまた増えることに、賛否があります。人口増加は、リアルの世界を不安定にするのではないか、その悪い影響を受けたくない。あるいは、人が増えること自体が脅威だ、と分析するものもいます」

「それは、エネルギィ的な問題から？」

「それが大きいとは思いますが、多分に感覚的、印象的な判断といえます」オーロラは、僅かに目を細めた。「私は、その根拠となっている演算に用いられたデータを疑問視しております」

「人も増えるのだから、人工生命も増えれば良い、とは考えない？」僕はきいた。

オーロラはしばらく黙った。じっとして、動かない。

「どうしたの？　通信障害かな？」僕はきいた。

「いえ、失礼しました。驚いただけです」そう答えるとオーロラは微笑んだ。「しばらく、今のご意見について、私なりに考えさせて下さい。あまりにも予想外の発言でした。その点について考えたことは、誰も、おそらく、こちらの世界では誰もないのではないかと思われます」

「そんな大層なことかなぁ」僕は笑った。「人工知能だって、トランスファだって、いくらでも増やせるじゃないか。数には実質的な意味がない。ただ、スペース的な問題、そして、エネルギィ的なリミット、あるいは勢力のバランスがあるだけだ」

「それが常識的な認識です」オーロラは頷いた。

「それから……、そうそう、情報局が私をクーパ研究所へ送り込んだのは、電子の社会に対して、なんていうのか、なんらかの影響を与えるためだった、その影響を分析したいと考えた、というアイデアは?」

「ほとんど、それが事実かと」オーロラが静かな口調で答えた。「私は、貴方がそれを自覚されているものと考えておりましたが」

「全然」僕は首をふった。「まえにも、そんな話をしていたね」

「はい、いたしました。あの当時よりも、さらに影響力を持っていると評価されます」

「現実と乖離《かいり》している」

「そもそも、リアルとヴァーチャルは乖離しています。逆に、そのずれこそが両者の安定を生んでいるといえます。ずれがないと、アブソーバがなく、共振する恐れがあり、危険です。この件については、数件の研究報告がなされています」

「へえ、知らなかった」

「整理し、要約した資料をお届けします」

「どうもイメージできない……。影みたいなものに怯えて、右往左往しているような気がする。地面に二次元の世界があって、その世界の人たちが、私の影だけを捉えているんだね」

「電子の世界は、むしろこちらの世界よりは多次元だといえます。ですから、貴方の影は、ご本人よりももっと巨大で、膨大な数になり、様々な形で変幻している、ということです。イメージできますか？」

「では、どちらかというと、私自身がそちらの影なんだね」可笑《おか》しかったので、僕は笑った。「影ができるのは、光が当たっているからだ。その光とは、その社会の大きな目標みたいなものかな。たとえば、地球を守ろうとか、平和な社会を築こうとか、そんな感じだね。そこに存在する人の影が、別の世界に落ちるということか」

「それについても、少し考えさせて下さい。楽しい時間になると思います」

「楽しい？　何が？」

「考えることがです」オーロラは微笑んだ。そして、頭を下げる。「では、お食事ができたようですので、私はこれで失礼いたします」

2

　キッチンに上がっていくと、二人がテーブルに皿を並べていた。僕は黙って椅子に座った。考えていたのは、オーロラが何をそんなに驚いたかという点についてだった。

「オーロラは、何と言っていました？」ロジが尋ねた。

「何をって、何について？」僕はきき返す。

「あのクーパ博士のロボットについてです」

「ああ、べつに、その話はそれほど出なかった」僕は答える。冷たい水が注がれたグラスを受け取った。それを一口喉《のど》に通す。「ロボットの意味については、演算結果がばらついているそうだ。予想ができていない、ということ」

「あの、私に新しい指令が出ました」セリンが言った。「もうしばらく、こちらにいられることになりました。お邪魔だとは思いますけれど、よろしくお願いします」彼女は、頭を下げた。

「へえ……」僕は少し驚いた。予想外だったからだ。「そうなんだ。では、まだなにか危険があるということだね。それとも、また研究所へ行けって言っているのかな？」

「それは、現時点では聞いていません」セリンが首をふった。

料理が出揃《でそろ》って、ロジとセリンも席に着いた。グラスで軽く乾杯をした。

「クーパ博士のロボットがここへ来るのかな」僕は呟いた。

「それは、ちょっと」ロジが眉根を寄せる。彼女はセリンを見た。「そんな可能性がある?」

「いえ、そんなミッションはありません」セリンが首をふった。「怖いですね」

「そんなに怖がることはないと思う」僕は、パスタを食べながら言った。「美味しいね、これ。どちらが作ったの?」

「内緒です」ロジが即答する。セリンはにっこりと微笑んだ。

「そもそも、あのロボットを研究所から出すだろうか。警察か情報局が、証拠隠滅を恐れて、簡単には許可しないように思う。それをさせることは、ゾフィを外界へ出すのに近い。ゾフィのサブセットが、ロボットにアップロードされて、外に出た場合、極秘のデータも同時に流出する危険性がある」

「それは、ええ、たしかに原則はそうだと思いますけれど」ロジが言った。つまり、その危険を冒してでも、新たな情報が欲しい、と考える可能性がある、と言いたいのだろう。

食事が終わり、三人はリビングに移った。僕だけが飲みものを持っていった。ロジがシャワーを浴びている間、セリンと改めて、あのインドのロボットについて話し合った。

ラビーナのロボットは、自律系ではあったけれど、人間によってコントロールされていた。その点は、今回とは違っている。

「ゾフィ自体が、あのサイズに収まって、外に出ることは、ちょっと考えられない」僕は言った。「あくまでも、サブセット、ゾフィの一部しか収まらないだろう。私が今日会ったクーパ博士も、博士のサブセットだと思う」

「サブセットというのは、具体的にどんなものですか？」セリンが尋ねた。「オーロラのロボットが現れたときにも、そういう表現だったかと思いますけれど、たとえば、ヴァーチャルに出てくる人工知能は、サブセットですか？」

「人工知能というのは、多くの場合、大勢のクライアントと対話をする。人間のように一人という単位では、そもそもない。ボディのあるロボットに、人工知能の一部をコピィして、そこで自律的にコントロールを実現する。ほとんど、元の人工知能と同じなんだけれど、うーん、どことなく抜けているというか、ぼんやりしているかもしれない。それに、サブセットが経験すること、学習することは、サブセットのロボットが、再び本体と一体化するまでは独立している。記憶もそうだね。リアルタイムで通信していなければ、そういったすべてをやり取りできない。だから、サブセットのまま長時間活動すると、そのうち合体が難しくなることだってある。人間でも、組織から離れて長期間活動すると、元の組織には戻れない人間になっていることがあるだろう。いや、ウォーカロンだってあるだろう？」

「よくわかりません」セリンは首をふった。「トランスファは、どうなのですか?」

「トランスファは、そういった整合性を無理に取らないのだと思う。いろいろなタイプがあるとは思うけれど、トランスファは、いわば常にサブセットであり、分裂を際限なくできる。スペースとエネルギィがあればね」

ロジが戻ってきて、今度はセリンがシャワーを浴びにいった。

「ロボットの話ですか? どこに弱点があるのでしょう? 目ですか?」ロジは新しいグラスに口をつけながらきいた。泡《あわ》の混じった飲みものである。

「そんな話はしていないよ。でも、そう、インドのときは、目が弱点だった」僕は答える。「セリンは、あのとき大きな銃を持っていなかった」

「そうです。その報告を受けました。強力な火力を、彼女は評価していなかった。反省していました」

「戦闘員ではないんだから、そんなに反省しなくても良いと思う。彼女は、充分に任務を果たした」

「そのカナダのメーカというのは、人間に似せたロボットの製作が得意のようですね」ロジが言う。「どういったところに、技術の核心があるのでしょうか?」

「あまり詳しくはないけれど、ハード的な問題ではないと思う。いかにプロトタイプに似せるか、という点に評価基準があるとすると、ソフト的な問題だね。一番差が出そうなのは、そのプロトタイプの人物をどれだけ正確に測定するか、すなわちデータ化の精度になるだろう、きっと。それは、ロボット工学ではない、人間工学だ」僕は、考えながら話した。「そして、可能ならば、プロトタイプとのフィードバックがあると、さらに精度を高められるはずだ。差異を測定し、逐次《ちくじ》修正する。それを長い時間をかけて継続する必要がある。ただ、プロトタイプが生きている場合に限られるけれど」

「そのデータ化は、外部から観察できるものだけで充分でしょうか？」ロジがきいた。

「そのとおり、そこが問題だ。外部に出ないものが、仕草や言動に影響を与えるのは明らかで、そこがブラックボックスでは、本人らしさを追求するには限界がある。そう、そのあたりを、どうやっているのだろう。プロトタイプの思考を、人工知能が吸収しないと完璧なものにはならない。クーパ博士のように、身近で長くつき合いのある人工知能がいれば、好条件といえる。本人をよく知っている者が必要なんだ。その人あるいは人工知能が、ロボットの言動を修正する必要がある。うん、たとえば、君のロボットを作った場合、たぶん、私がいろいろ注文をつけることになるわけだね。ロジはそんなふうじゃない。ロジはそんなこと言わない。そういった身近で有能な観察者が必要だってこと」

「グアトのロボットを作った場合、私は、その、ちょっと自信がありません。グアトはそんなふうかもしれない。グアトはそんなこと言うかもしれない。どんな言動があっても、なんか絶対にありえないとは思えませんから……。どうして、この差が生まれるのでしょうか?」

「まあ、君は明瞭《めいりょう》な人間なんだ。私はわかりにくいかもしれない」

「どうして、私はわかりやすくなったのでしょうか?」ロジが首を傾げた。

「いや、それは……」僕も首を傾げた。「どうしてかなぁ、たまたま、そうなった? うーん、それとも、そういうふうに育った?」

「どうして、グアトはわかりにくくしているのですか?」

「いや、自分をわかりにくくしているという自覚はない」僕は首をふる。「たまたま、外見としてそう見えてしまう、というだけじゃないかな。ようは、考えていることが、表に出ないタイプなんだ、きっと」

「私は、考えていることが表に出るわけですか? そうですか? これでもけっこう、内に秘めているものがあるつもりなんですけれど」

「あ、そう……、内に秘める? たとえば、どんなことを秘めているの?」

「それは沢山あります。なんでもかんでも、表に出してしまったら、軽率な人間だと思われますから」

「まあ、そうかな。バッファが少ないと、そうなるかもしれないね」

「えっと……」ロジが少し目を見開いた。「私は、馬鹿なんですか? バッファが少ないから、なんでも表に出してしまうんですか? そんなふうに見られているなんて心外です」

「いや、ちょっと待って……」

「そんなに感情的でしょうか？　思ったことを、なにも考えずに言葉に出していると思われているのですね。それは、ちょっと、いくらなんでも……」

「いやいや」僕は両手を前に出して広げた。

「どうしたんですか？」隣のキッチンに、いつの間にか、セリンが立っていた。「私、外しましょうか？」

「なんでもない」僕は答えた。そして、すぐに立ち上がった。「次は僕がシャワーに」

振り返ると、まだロジが睨みつけている。どうやら、触ってはいけない部分に触ってしまったらしい。今後の対策は、シャワーを浴びながら、ゆっくりと検討しよう。対策といっても、謝り方、謝る言葉の選択しかないのだが。

3

バスルームに入って、シャワーを浴びようとしたとき、誰かがドアをノックした。まだ謝り方について考えていなかったが、もしロジが怒っているなら、受け止めようと決断して、ドアに近づいた。少しだけそこを開ける。

ロジの顔がそこにあった。

「クーパ研究所から、あのロボットが脱走したと連絡がありました」彼女は早口で言った。「十分ほどまえのことだそうです。もし、こちらへ直接向かってくるとしたら、早ければ、十五分後には到着する可能性があります」

「十五分あれば、シャワーを浴びるのに充分だと思うよ」僕は答えた。

「冗談はやめて下さい」ロジが言う。「すぐに出て」

「え、どうして?」

「この場所を離れます」

「何故、そんな必要が?」

「早く出て」ロジが押し殺すような声で言った。

問答無用のようだ。裸で出るわけにはいかない。まず、シャワーのお湯を止めた。それから、慌てて服を着た。

玄関にロジが立っていて、足許に重そうなバッグが置かれていた。まだ口が開いている。彼女はそれを閉めた。銃火器が入っていることを、僕は知っている。

「セリンは外にいます」ロジはバッグを持ち上げた。

「どこへ行くの?」僕は尋ねたが、ドアを開けたロジに肩を押されて外に出る。話もしてくれない。しばらく急ぎ足で歩かされる。息をすることに集中しようと思った。村の方へ下っていく。コミュータを呼ぶ暇もなかったのだ。否、コミュータは危険だろう。とにかく、自宅から離れよう、という考えらしい。ミサイルだったら、そのとおりかもしれないが、相手はロボットだ。しかも、友好的に話がしたいのかもしれない。もちろん、こんな時間にダンスを一緒に踊ろうとは言わないだろうけれど……。

途中で道路から逸れ、暗い森の中へ入る小径《こみち》を進んだ。車が通れない広さだ。まだ下っている。舗装されていないので歩きにくい。

村の灯《あか》りが、前方の少し離れたところに見え隠れしていた。空は曇っていて、月も星も見えない。時刻は十時頃である。

家を出てから十五分は歩いただろう。距離にして、二キロくらいか。つまり、クーパロボットは、僕たちの自宅へやってくる可能性が高く、留守に見せかけた方が良い、という判断らしい。情報局の二人は、もっと精確な状況を知っているのかな、とも想像した。

林の先に僅かな明るさが見えた。あいにくメガネをかけてこなかったので、この暗さではほとんどなにも見えない。しかし、水が流れる音が聞こえた。用水路か、それとも小川かもしれない。こんな場所にそんなものがあったとは、まったく知らなかった。

一旦休憩することになった。大きな岩のようなものがあって、そこに座るように、ロジがすすめてくれた。

僕は息が上がっていて、しばらく話せなかった。しかし、考えることはできる。質問したいことも沢山あった。

「警察と、まもなく合流します」ロジが説明してくれた。「私たちの警護をすることになっています。情報局の要員をこちらへ向かわせているそうです。時間が経《た》つほど、有利になると思います」

「ロボットの位置は?」僕はきいた。

「わかりません」セリンが答える。「低空を飛んでいるのだと思われます。探知が難しくなりますが、あまり速くは飛べません」

「飛んでいるの?」僕は尋ねた。少し声が大きくなってしまった。「どうやって?」

「それはわかりません」セリンが答える。「でも、研究所から脱出するときに、警官との間で銃撃戦があったそうです。警官に怪我人《けがにん》も出ています。離陸したところを目撃したとの情報も伝えられました。音がジェットエンジンではなさそうだった、とのことです。それが正しければ、それほど速度は出ません」

「飛ぶためのユニットが、研究所の外で待っていたわけだね?」僕はきいた。

「銃撃戦をしたと言っていましたけれど、研究所内に、武器はなかったはずです」ロジが言った。「ロボットもチェックを受けてから建物に入りました。ということは、武器も外に用意されていたわけです。タイミングから計画的というか、もともと仕組まれた脱出のようです」

そのときの映像が見たいものだ、と僕は思った。

五分ほどすると、青いライトが道路の方向に見えた。動いていて、こちらへ近づいてくるようだ。

「警察が到着したようです」セリンが振り返って言った。「ここにいて下さい。私が出ていきます」

彼女は、闇の中を走り去った。

「警察では、心許《こころもと》ないですね」ロジが囁いた。「情報局員ならば、それなりの戦力を持っているはずですが」

「私たちを狙っているのかな?」僕は尋ねた。

「違います。狙われているのは、私たちではなくて、グアト一人です」

「どうして、私が?」

「電子世界での価値が評価されているからだと想像します」ロジは言った。「価値のあるものは、周囲に与える影響が大きいので、奪い合いになったり、それが消えることで勢力が変わります。そういった戦略的な資源となるものです」

「資源ね……」僕は言葉を繰り返した。「こんなことなら、いっそ電子社会に身を投じる方が良かったかもね。そうすれば、ちゃんと評価してもらえるし、きっとみんなが見切りをつけるだろうと思う」

閃光《せんこう》が見えた。少し遅れて爆発音が響く。

警察が来た方向だった。

僕は立ち上がったが、ロジに腕を摑まれ、引っ張られる。

また移動することになった。森の奥へ。

大きな岩がそびえ立っていて、その下の隙間に屈《かが》み込《こ》んで隠れた。

ロジが顔を近づけ、口に指を当て、話をしないように、というジェスチャをする。彼女はバッグを開けて、銃を取り出した。暗いが、目が慣れてきたのか、二丁の銃を彼女が両手に持ったのがわかった。銃口は上へ向けられ、彼女は僕に背を向けて立った。僕の盾《たて》になるような位置である。

閃光がまた走った。続けて炸裂《さくれつ》音。

低い回転音が近づいてきた。

ロジは動かない。

僕は、少し横に移動し、彼女の横から前方を覗いた。

なにかが、急速に近づいてくる。回転音は大きくなった。ダクトファンか?

斜め前方で小さな光。

高い音を立てて、そこからなにかが発射され、同時に近くで炸裂音。樹の高い位置で赤い炎が一瞬で広がった。

飛行物体は、コースを変え、旋回したようだ。
また、発射。下から攻撃している。セリンだろうか。
今度は上から下へ、オレンジ色の閃光が走った。低い爆発音が轟《とどろ》いた。
一瞬静かになった。
しかし、またファンの音が近づいてくる。
ロジが膝《ひざ》を折る。銃の片方を地面に置いた。そして、両手で前方へ銃を構える。
近づいてくる。
間近に迫ったとき、その大きさがやっとわかった。
クルマよりは小さい。シルエットは横に長い。
光る箇所はない。
すぐ上まで来た。
ロジの両手は上へ伸びている。
撃った。
閃光と爆音。
ロジが、僕に被さるように飛びついてきた。
少し離れたところで、どすんという大きな音が。
細かい光が四方に飛び散り、少し遅れて、焦《こ》げ臭《くさ》い匂《にお》いが立ち込めた。

僕は、ロジと抱き合った状態である。彼女はすぐに離れ、地面に置いてあった、もう片方の銃を掴んだ。

「セリン」ロジが小声で呼んだ。

前方から、樹の間を走って近づいてくる。セリンのようだ。

「ドローンでしたね」セリンが囁くように言った。「偵察機かも」

「移動しよう」ロジが言う。

僕の側へ来て、ロジは顔を近づける。

「今のは、本体ではありません。場所を知られました」

4

クーパ博士のロボットではなかった。僕たちは、さらに森の奥へ歩いた。

「警察のクルマが探知されたようです」セリンが歩きながら言った。

「でしょうね」ロジが一言。「せめて、警察に墜としてもらいたかった」

「クルマは破壊されていました。警官が三名いたようですが、どうなったのかわかりません」

警官たちに攻撃を仕掛けたドローンが、森林の中に入ったので、セリンが追跡し、発砲した。二回とも、それは外れた。その攻撃に反応して、ドローンがレーザを撃ったが、セリンはこの攻撃を免《まぬが》れたようだ。

ドローンは、僕たちの位置を発見し、近づいてきたものの、攻撃はしなかった。頭上に来たところで、ロジが撃ち墜とした、というわけである。

攻撃力から見て、偵察機だという評価だった。つまり、クーパ博士のロボットが探査のために放ったものだ、と推定できる。セリンとロジは、そう考えているようだ。

こちらの位置がわかってしまった以上、もう隠れていても無駄ではないか、と僕は思ったが、こういった場合、素人は口を出さない方が賢明だろう。黙って、ロジの後を歩いた。僕の後ろにセリンがいる。

森林から出た。大きな川の横にある公園のようだ。街灯があったので、辺りがずいぶん明るかった。この村へは何度か来ているので、ようやく自分がどの辺りにいるのかがわかった。公園の隣に小さな教会がある。少し広い場所を真っ直ぐに突っ切って、教会まで走った。

今にも空から攻撃がありそうな恐怖があったものの、何事もなく、教会の建物の中に飛び込んだ。

教会の前には、警察のクルマが四台駐車されていた。シールドを身に着けた警官隊が入口から少し入ったところに待機していた。ロジが、身分信号を発信し、奥へ入ることができた。セリンは、入口に残るようだ。

「もう大丈夫です」奥の部屋にいた制服の男がにこやかに言った。「さらに応援も来る予定です。森の向こうで、警官に会いましたか?」

「ドローンの攻撃で、警察のクルマは破壊されました」ロジが報告した。

「え、そうなんですか。そんな連絡は、ありませんが……」男は驚いたようだ。ウォーカロンではなく、人間のようだ。連絡がないということは、警官もやられたという可能性が高い。

「そのドローンは、私が撃墜しました。ただ、それは、偵察機だと思われます。ダクトファンの小型機でした」ロジは早口で話す。「警部、おそらく同じ程度のドローンが複数、この近辺に飛んでいるはずです。しかし、本体ではありません。本体は、こちらへ直接来るはずです。入口にいた要員では、防ぎきれません」

「本体というのは、ロボットのことですね?」警部は尋ねた。

「たぶん」ロジは頷く。「情報局はどうしました? 軍隊に要請できませんか?」

「いや、軍隊は……、すぐには……」

「情報局と連絡はつきますか?」ロジがきいた。

警部から通信コードを受け取ったようだ。ロジは、部屋の壁の方を向いた。最初に、こちらへ向かっている対象の現在位置がわかるか、と尋ねた。次に、予想される火力を問い合わせた。警察にその情報は伝えてあるのか。次々に、質問し、返答を求めたようだった。最後には、フェッセル部長と話せないか、ときいた。ロジはしばらく沈黙する。一度、僕の方を見て、軽く頷いた。

「はい。私です。既に部分的な攻撃を受けました」ロジは話す。「ロボットは、なにか言っていませんでしたか？　グアトのところへ行くとか……。そうですか、はい。そうです。トランスファが、こちらにいる可能性も高いと思います。警察の装備は不充分です。ええ、そうして下さい……。え、誰が？　ああ、そうですか、わかりました。上手くいくと良いですね。電子戦の兆候は？　はい……、確認した方が良いと思います。過去に、同じようなことがありました。ええ、そうです……。わかりました……。はい、また連絡します」

ロジはこちらを向いた。警部は彼女を見つめている。なにか言ってもらえると思ったのだろう。しかし、ロジは僕の前に来た。

「グアト、心配ありません。私とセリンで守ります」ロジは、警部を振り返った。「警部、この建物は、いつ作られたものですか？」

「え？　あ、えっと、私が子供の頃ですが……」

「ストラクチャは、補強コンクリートですね。ある程度の爆撃には耐えます。地下室は？」

「ありません」警部が答える。

「この部屋は、狭いから、強度的に頑丈だと思うよ」僕はロジに言った。「爆弾でも落とされるのかな?」

「そうならないことを願っています」ロジは、そう言うと、警部の方を見据えて、微笑んだ。

「なにぶん、田舎《いなか》なので」警部が苦笑いをしたが、ロジは視線を逸らす。

彼女は、持っていたバッグを床に降ろし、大きな銃を取り出した。警部がそれを見て、目を見開いた。さきほどの銃よりも長くて太い。追尾弾を撃てるものだ。過去に一度、彼女がこれを使うのを見たことがある。

セリンが入ってきた。

「外に、ドローンが二機」彼女がロジに報告する。「墜としますか?」

「攻撃してこないかぎり、待機」ロジが答える。「セリンは、裏口へ。表は私が担当する」

「はい」セリンは頷いて、奥へ走り去った。

「私はここにいるのかな?」僕は尋ねた。

「いえ、私の近くにいて下さい。奥へ入った方が良い場合は、そう言います」

警部を残して、僕とロジは再び玄関の方へ向かい、外に出た。ロジは、片手に大きな銃、もう一方の手にはバッグをぶら下げている。

教会の前は明るい。警察がライトを設置したからだ。空へも向けられていた。セリンが話していたドローンは見当たらない。音も聞こえなかった。

「案外、友好的な感じかもしれない。僕と話がしたいだけかも」夜空を見上げて、僕は呟いた。まだ、その希望を僕は捨てていない。どうして自分が狙われるのか、納得していないからだ。過去にも、同じことが何度も繰り返されている。オーロラが言っていたように、あちらの世界では、僕は危険な存在だと認識されているらしい。もちろん、全員ではない。僕に友好的な勢力もある。しかし、一部がその勢力争いを優位に進めるために、僕を狙っている、というのが大筋の理由だった。そんな抽象的な理由では、どうしても納得できない。僕が何をしたというのか。それとも、なにか働きかけをすれば、その誤解が解けるのだろうか。もしそうならば、少々の努力は厭《いと》わない、と考えているのだが。

クルマが一台近づいてきた。青い表示灯があり、警察のものだとわかった。教会の前まで来て停《と》まると、トラックだった。後ろのドアが開き、中からつぎつぎと人が降りてきた。ヘルメットをして、シールドを持っている。動きからロボットだとわかった。戦力が増強されたことは明らかだから、多少は安心できる状況といえるだろう。

十数体のロボット隊が、玄関の前に整列した。いつの間にか警部が外に出てきて、にこやかに敬礼をした。トラックは裏手の駐車場の方へ移動したようだ。

警部がなにか指示をしている間に、ダクトファンの音がした。森の中で聞いた音と同じだった。僕はそちらの方向を見た。

「あれは偵察機です。撃つなら、一発で仕留めて下さい。反撃があります」ロジが警部に言った。ほかにも、警官が何人か外に出てきて、シールドを立てて並んだ。

「誰か来るぞ!」警官が叫んだ。双眼のゴーグルをかけている。遠くが見えるようだ。

ロジがそちらを向いた。しばらくじっとそちらを見続けたあと、膝を折って、僕に言った。

「クーパ博士が歩いてきます」ロジが囁いた。「あのロボットです。ぎりぎりまで撃たない方が良いですか?」

「うん、話がしたいだけかもしれないから」僕は答える。ロジも大きく頷いた。

警察がライトを向けたので、その姿が捉えられた。普通の小柄《こがら》な女性にしか見えない。空を飛んできたらしいが、そういった装備を付けているようには見えなかった。また、両手にはなにも持っていない。

「止まりなさい!」警部が大声で言った。手に拡声器を持っているようだ。静まり返っているうえ、聞こえる距離には既になっている。しかし、クーパロボットは前進をやめなかった。

頭上にドローンが現れた。ファンの音が急に大きくなった。ストロボスコープが照射され、教会の前を照らし出した。

銃声が轟く。

僕は屈んでいたが、さらに頭を低くした。

警官がドローンに向けて撃ったようだ。

弾は外れたのか、ストロボはそのままだった。さらに、オレンジ色の閃光が光った。

その直前に、ロジが僕を引っ張り、警察のクルマの後ろへ飛び込んでいた。

玄関前で白い煙が広がる。その爆風を感じ、周辺に細かいものが飛び散った。

目を瞑り、顔を反対へ向ける。

幾つか銃声が続いた。

僕は頭を上げて、クーパロボットを見ようとしたが、姿が見当たらない。

「あちらへ」ロジが、また腕を引っ張った。片手で銃と重いバッグを持って、もう一方の手で僕を導いているのだ。そのバッグを僕が持とうか、と提案したくなった。

玄関前の低い壁の内側に隠れた。

上空のドローンの数が増えている。オレンジ色の閃光が、別の位置からも発射された。今まで僕たちが隠れていた警察のクルマが爆発した。

近くにいる警官は、銃を斜め上へ向けている。ドローンを狙っているようだが、ライトがそちらを向いていないので、よく見えない。旋回し、近くへ来ることがあっても、かなり高速だった。

ロボット隊が、銃を構え、前方へ向けて一斉射撃を始めた。声は聞こえなかったが、誰かが命令したようだ。

僕はロジの顔を見た。彼女は僕を見てない。前方を凝視している。

クーパロボットを見ているのだろうか。

「セリン、裏はどう?」ロジが話した。「そちらはロックして、正面に来て」彼女は、僕を見た。「今のところ、クーパは攻撃をしていません」

「警察がいない方が良かったかもしれない」僕は言った。

ロジは、無言で頷いた。しかし、もう止められない状況である。

5

セリンが奥から走ってきた。ロジと話をしているが、僕には声が聞こえなかった。セリンは、外へ飛び出し、ロボット隊の後ろを通り、左手へ向かった。

そのうち、これまでになかった音が聞こえてきた。高い口笛のような短い音で、そのあと、なにかがぶつかるような音が続いた。それが、三回繰り返された。ロジが見ている。

「何?」僕は壁に隠れたまま、彼女に尋ねた。

「クーパが攻撃してきました。小型のロケット弾でしょうか。ロボット隊の前列辺りに命中しました」

また続けて三回、その音がした。噴煙が流れてきて、近くの視界が急に悪くなった。警官隊は、前方へ出ていく。僕は、後ろを振り返った。建物の中に、警部が立っているのが見えた。指揮官は武器を持っていないのだろうか。

ロジによると、ロボット隊は、つぎつぎ破壊されたようだ。ドローンの音も近くなる。警察のライトは既に消えているらしい。破壊されたのだろう。

怪我をした警官が、玄関へ運ばれてきた。血を流している。医者はいるのだろうか。

中腰になって、前方を見た。もう、ロボット隊は数体しか残っていない。その先に、小柄な人影があった。だいぶ近づいた。そこへめがけてロボット隊が発砲している。しかし、まったく効果がないようだ。

左から緑の光が放たれた。クーパロボットの頭で閃光が膨張し、クーパロボットは反対側へ倒れた。一瞬静かになり、小さな歓声のような声が上がった。

「今のは?」僕は、ロジにきいた。

「セリンが撃ちました」ロジが前を向いたまま答えた。「駄目だったかも」

ロボットは、すぐに起き上がった。

頭の横の髪がなくなっていた。顔も変わっている。自分を撃った方を向いて、腕を伸ばし、手を広げた。そちらへ攻撃するようだ。ロケット弾は、肘《ひじ》の辺りから出るようだ。

いつの間にか、ロジが大きな銃を構えていた。

彼女は、躊躇なく、それを撃った。

射撃の反動で、カウンタが後方へ伸びる。

真っ直ぐに、ロボットへ。

爆音が轟き、ロボットは一瞬で煙に包まれ、なにも見えなくなった。

その煙の中、左手からセリンが走ってくる。

結局、ロボットは、攻撃したものへ反撃しているにすぎない。僕はそう確信した。ドローンもそうだったではないか。警察のロボット隊がやられたのも、先制攻撃を仕掛けたからだ。セリンが撃った緑の閃光は、ロボットを倒すまでには至らなかった。その反撃に出ようとしたところを、ロジが撃ったのだ。

「攻撃しない方が良いのでは?」僕は、ロジに言った。

「もう遅い」ロジが返した。「今さら言われても」

たしかにそのとおりだ。

煙が少しずつ風に流されていく。

静かだったが、まもなく僅かな金属音が聞こえた。前方からだ。

「なにか、近づいてきます」セリンが呟いた。赤い目を光らせている。彼女は、赤外線を見ているのだ。「下がって!」

それよりも早く、僕とロジは建物の奥へ走りだしていた。

口笛の音が続いたあと、後方で爆音が何度か轟いた。

一瞬の暴風を感じる。

「セリン！」ロジが叫んだ。

「生きてます」

僕は床に伏せていた。

膝を折っていたロジも、再び立ち上がり、僕を引っ張って、教会の中へ走った。

後ろでまた爆音。

警官が撃つ銃声も散発的に続く。

奥の部屋には、警部がいた。僕たちを見て、一瞬びくっと震えた。そのあと、引きつった顔で、笑おうとしたようだった。

セリンも飛び込んできた。片方の頰《ほお》から額が真っ黒になっている。肩はむき出しになり、怪我をしているのがわかった。

「ロボットは、まだ動いています」セリンが報告する。「警官隊は、玄関の数名を残して、ほぼ全滅。まもなく、こちらへ」

「当たったはずなのに……」ロジが呟いた。

「ダメージを受けたようですが、機能停止はしていません」

「どうして武器が効かないの」ロジが苛立った声で言った。

「私のときもそうでしたが、着弾の直前に自身の近くで、小さな爆発を起こすようです。それがクッションになって、直撃のダメージを抑制するみたいです。映像から解析しました」

「ショックウェーブ・アブソーバか」ロジが言った。「だとすると、銃は効かない。なにか別のものを使わないと」

「レーザ銃でも、駄目ですか?」セリンがきいた。

「駄目。撃つまえの照準波に反応する。よほど旧式の武器でないと……」ロジは短く息を吐いた。「あるいは、ごく近距離で撃たないと」

玄関の方からもう一度爆音が聞こえたあと、静かになった。

銃声が止《や》んだ。警官が全員倒れたのか。

悲鳴も聞こえない。

部屋には、僕たち三人。すぐそばに、警部がいるが、彼は放心状態だ。

セリンが通路を覗きにいく。

静かだ。

ロジは僕の前に立って、今は普通の大きさの銃を持っていた。

「どうするつもり?」僕は尋ねた。

「大丈夫です」ロジは振り返った。「刺し違えても、倒します」

「弓なら倒せるかもしれない」僕は言った。

「は？」ロジが首を傾げる。「そんなもの、ここにはありません」

「速度が遅いものなら、突破できる」

「理屈はわかりますが……」

「とにかく、さきに撃たないで。もう、それしかない。相手の話を聞こう」

　ロジは三秒ほど視線を彷徨《さまよ》わせたが、口を一文字に結んで頷いた。セリンにも僕の声が届いたようで、横を向いたまま小さく頷いた。

「来ます」セリンが小声で言って、後ろへ下がった。僕の前にセリンとロジの二人が立った。

　通路を歩いてくる静かな足音。

　すぐに、クーパロボットが現れた。最初は、顔の左側だけが見えたので普通だった。ドームの中で会ったクーパ博士と同じだった。しかし、こちらへ向きを変えると、顔の半分は黒く焦げ、金属のフレームがむき出しになっていた。髪も焼けて、肩にこびりついていた。また、胸の部分にも損傷があり、服が焼け落ちている。

　だが、動きは自然だった。

「こんにちは」クーパ博士の声で挨拶をした。頷く程度に軽く、頭を下げたようにも見えた。その姿が異様なのと対照的に、声も態度も落ち着いていた。「こちらにいらっしゃったのですね。約束どおり、会いにきました。私は、グアトさんと話したいだけです。ほかの方々は、どうかご遠慮下さい」

「私は、グアトから離れません」ロジが言った。「セリンは、あちらの部屋に下がっていて。警部も一緒に行って下さい」

「でも……」セリンは、ロジを見た。

ロジは、首を一度ふった。セリンは、部屋の隅《すみ》に座り込んでいた警部の手を掴み、片手には銃を構えたまま、ゆっくりと横へ移動し、通路から奥へ入って見えなくなった。警部は一言もしゃべらなかった。ロボットにも、僕たちにも視線を合わせなかった。見ないことにしよう、と決めたのかもしれない。ある意味、非常に賢明な判断だともいえる。

「私は、グアトの身内です」ロジが言った。「どんなことがあっても離れません。口出しはしませんから、お話があるなら、なさって下さい」

「貴女は、銃を持っています」クーパは言った。「しかも、銃口を私に向けています。こんな状況で、お話ができますか？　非常識ではありませんか？」

「私と話がしたいのなら、今、ここでできると思います」僕は言った。「ロジは、秘密を守ります。この場所は、盗聴されていません」

ロジは、銃をゆっくりと下へ向けた。

「わかりました」クーパは頷く。「少々抵抗に遭いましたので、やむをえず排除しました。この点は、私の本意ではありません。私は、警察や情報局、検事局、裁判所、そしてドイツ政府から敵対されています。あの研究所に隔離され、研究開発の成果だけを献上する、家畜のような生き方を強《し》いられてきました。しかしながら、恨みは持っておりません。資金的な援助を受け、生かされていたのは事実。その一部については感謝もしております」

　歯切れの良い、聞き取りやすい口調だった。まるで、ドキュメントのナレーションのように滑らかに言葉が続いた。このような状況で人間が話す言葉ではない。しゃべっているのは、クーパ博士ではなく、機械なのだ。

「ただ、私が考案した新しいプログラムが、電子界へ流れることを、それらの組織は、根拠もなく拒絶しました。根拠のない本能的な萎縮《いしゅく》といわざるをえません。ただ、拒絶するだけならば、しかたのないことかもしれませんが、その技術の流出も妨害されました。私を反逆者に仕立て上げ、すべてをあのドームの中に閉じ込めたままにしようと画策したのです。それを主導したのが誰なのか、私は知っています。グアトさん、貴方がよくご存知の方です」

　僕の前で、ロジが銃を持ったまま立っている。銃口は向けないものの、盾にはなるつもりのようだ。僕は少し顔をずらして、クーパの顔を見ていた。ロボットの眼球は、片方はむき出しになっているが、視線はたしかに僕を捉えている。

「誰ですか？　想像もつきません」僕はきいた。

「ドクタ・マガタです」クーパは答える。

三秒間ほどの沈黙があった。

予想もしない名前だった。

何の話をしているのか、と息を止めて思考を逆に辿《たど》らなければならないほど、ギャップがあった。

マガタ・シキ博士が、主導して、キャサリン・クーパを排除したというのか？

よくわからない。

僕は無言で首をふっていたが、言葉にはならなかった。

否定したいというのは、単なる願望である。

マガタ博士が、そんなことをするとは思えない。なにかの勘違いではないのか。しかし、そんなはずはない、と主張すれば、相手を刺激する危険性が高い。頭を回して、どんな言葉を選べば良いか、人工知能のように僕は演算していた。

「よくわかりませんが、それが、私に話したかったことですか？」僕は、ようやく質問することができた。

「グアトさんは、ドクタ・マガタと面識がある。私に関ること、私の技術を排除することは間違っている、電子界において損失だ、と伝えていただきたい。それが、私の要望です」

「あの、それを、直接伝えたことはあるのですか？」僕は尋ねる。

「ありません。コンタクトができませんでした。それに、私が言っても信じてもらえない可能性が高い。グアトさんほどの方でなければ無理でしょう。高い確率に期待して、この選択をしました」

「そうですか。わかりました」僕は頷いた。「伝えます。ただ、私は面識はありますが、マガタ博士と親しいわけではありません。私の共同研究者であるオーロラという人工知能が、仲介してくれることと思います。それでよろしいですね？」

6

クーパ博士のロボットは、僕の返事を聞いて小さく頷くと、通路を玄関の方へ戻っていった。しばらく、ロジは動かなかった。下へ向けていた銃を、また両手に構え直していた。

このまま帰っていったとしたら、あまりにあっけない幕切れだ。しかし、耳を澄ませても、物音ひとつ聞こえなかった。

ロジは、ふうっと大きく息を吐いたあと、銃を構えたまま、通路の方へ移動した。途中で低い姿勢になり、右方向へ向けて数秒間を銃を構えて動かなかったが、そのままゆっくりと立ち上がった。

彼女は後ろを振り返った。奥を見たようだ。再び玄関の方へ向き直り、指を目の横に当て、なにか囁いた。セリンに連絡を取ったのだろう。

やがて、左からセリンが走り寄り、ロジの横を通り抜け、玄関の方へ走っていく。ロジは、銃を下げ、僕を見て、無表情のまま頷いた。

「もしかして、帰っていった?」僕は彼女に近づきながらきいた。

「わかりません」ロジが答える。まだ緊張している様子だ。

二人で玄関の方へ歩いた。後ろで物音が聞こえたので振り返ると、警部がこちらへ出てきた。

玄関の手前で倒れている警官が数名。怪我の程度はわからないが、動いている者はいない。

ロジは、警部に救急車を呼ぶように言った。彼女はまだ、前方を見ていて、銃も構えたままだった。

暗く静かな夜に戻っていた。

ライトがすべて消えていたからだ。ロジは空を見上げたが、ドローンの音はもう聞こえない。

正面からセリンが走ってきたので、ロジは銃口を上へ向けた。

「周辺に危険はないものと思います」セリンが報告した。「ロボットは、ダクトファンで飛び去ったようです。見ていませんが、音を聞きました。向かった方角は、あちらです。現在、ドイツ情報局からのデータと比較しています」

彼女が指さしたのは、ほぼクーパ研究所の方向だった。帰っていったということだろうか。

ロジは、改めてドイツ情報部に事態を知らせた。ショックウェーブ・アブソーバを装備していることもつけ加えた。

五分ほど経過して、救急車が到着した。怪我人のうち人間が何人いたのかわからない。しかし、あっけなく帰っていったロボットのことを思うと、無駄な撃ち合いをしたように思える。どちらがさきに撃ったかといえば、明らかに警察の方だった。

「ロボットは攻撃については軽装備でした」ロジが言った。「予想外に防御力に優れていたことが、こちらの敗因です」

「殺戮《さつりく》のために来たんじゃないってことだね」僕は言った。

「そうだったみたいです」ロジは溜息をついた。「あまりにも、その、コミュニケーション不足というか、やり方が子供じみていませんか?」

「子供じみているか……」僕は、その言葉に引っかかった。「そういえば、クーパ博士のお嬢さんは、五歳だったね」

「ミチルというのは、日本の名前のようですが」ロジが言う。「どうして、日本名にしたのでしょう?」

「まあ、自由だから、どんな名前にするのも」

救急車のあと、情報局員が到着した。ネクタイをした紳士と、武器を持った二名の三人だけだった。ロジにその戦力を分析してもらいたいものだ、と僕は思った。

負傷者は手際良く搬送された。セリンも怪我の手当を受けたようだ。肩と頬に絆創膏《ばんそうこう》を貼《は》られていた。ロジは、三分間ほど情報局員と情報交換をしていた。

あとで聞いた話では、クーパロボットは研究所から突然外へ出ていったらしい。警官と情報局員が制止しようとしたが反応しなかった。そこで警官が発砲した。直接撃ったのではなく、威嚇射撃だったそうだ。これに対し、上空から反撃があった。ドローンが近くに来ていたらしい。

さらに、大型のダクトファンユニットが降りてきて、ロボットに装着された。この時点では、お互いに数発の発砲があった。ロボットは離陸し、あっという間に姿を消した。その後は、レーダには映らないような低空を飛んだものと推定されている。

また、このときのネットの通信解析をしたところ、複数のトランスファが関与していた形跡が認められたという。だが、研究所の内部とは、やり取りができない。したがって、ロボットはあらかじめ決められた時刻に研究所を出たのではないか、と情報局は捉えている。

研究所にいる間、ゾフィとロボットの間で、なんらかのデータの受け渡しがなされた疑いもあった。この点については、裁判所の許可が得られれば、詳細な捜査が行われる予定だ、とネクタイの局員は説明した。見た感じは、普通のビジネスマンで、商談でもしそうな和やかな口調だった。

僕たちは、警察のクルマで自宅へ送ってもらえた。あの警部が手配してくれたようだ。そういった方面では気が利くようである。僕たちは、自宅にすぐに入ったが、外に警官が数名配備され、目立たないように朝まで警護すると言われた。心強い、とは正直、思えなかった。

僕は、まずシャワーを浴びた。日頃ほとんど運動というものをしないので、疲れていることはまちがいないのだが、まだその実感はまったくない。なかなか興奮が冷めず、眠くもなかった。シャワーを浴びたあと、ようやく手の平に擦り傷があるのを見つけた程度だった。

それにしても、あんな騒動になってしまったのは、残念なことだ。クーパ博士の立場もますます悪くなるのではないか。なにしろ、博士の姿をしたロボットだ。そうでなくても、博士が発注したロボットである。それが、警察に大きな損害を与えたのだ。ただ、裁判になったら、戦闘時の映像が証拠になる。ロボットは、自己防衛しただけだ、と弁護側は主張するだろう。

そもそも、あの一言を僕に伝えるために、ここまで来たというのが、理不尽としかいいようがない。そんなことは、研究所にいるときに話してくれれば、それで済んだ。そのときでなくても、暗号化したメッセージを送る手立ては、いくらでもあったはず。

やはり、大人気ない。その印象が強い。クーパ博士の娘、ミチルがロボットを操っていたのだろうか？　しかし、まだ幼児だ。そんな可能性が考えられるか？

お湯を頭から被りながら、いろいろ想像してみた。

クーパ博士は、もしかして亡くなられたのではないか。しかも、あの事件が起こるだいぶまえに。残された長女ミチルだけが、ドームの中にいた。クーパ博士の遺体は、ゾフィのコントロールするロボットが、処理したのだろう。

この場合、ミチルをなんとか外へ出したい、とゾフィは考えた。ミチルは、母親と同じ病気ではなかった可能性も高い。だとしたら、いつでもドームから出ていけるはずだ。ゾフィがドアを開けさえすれば、彼女は外に出られた。

ミチルは、外へ出て、どうなっただろう？

彼女は、金銭的には困らない。母親の資産を使うことができるからだ。また、ゾフィとの対話で、電子界がアイビス・チップを欲しがっていることもわかっている。五歳の知能がどの程度なのか、個人によって違いがあるけれど、ゾフィが指示をしたとおりに行動するくらいのことは可能だっただろう。

ミチルは、チップを持って外へ出たのか？

いや、その場合、情報局が確実に察知するはずだ。

待てよ。情報局が察知するのは、クーパ博士が、あるいは彼女が娘と二人で出ていった場合であり、主として、クーパ博士の脱出を警戒していただろう。ミチルは、ずっと小さい。なにか、手荷物かバッグか、そういったものに入って、外に出ることができたかもしれない。研究所の近辺の監視をすり抜ければ、その後はどこへでも行くことができたはず。

外部に協力者がいれば、もっと簡単だろう。

アイビス・チップを手に入れたい勢力が、電子界にあって、そこがトランスファなどを送り込んだかもしれない。研究所の内部には入れないが、外に出てきたときに、たとえば、ジーモンとはコンタクトが取れる。

そうだ、ジーモンはウォーカロンだ。トランスファに操られている可能性があるのではないか。

ミチルは、電子界の勢力が保護した。あとは、研究所にやってきた検察官たちの口を封じること。少しでも、事実の発覚を遅らせること。これらは、トランスファが周囲に展開すれば、意外に簡単かもしれない。

問題は、そのあとだ。

電子界は、アイビス・チップを手に入れたら、それで目的は達成されたのではないか。あのロボットは、クーパ博士の開発を、マガタ博士が妨害したと主張していたが、何のためにマガタ博士がそんなことをしなければならないのか？

そもそも、妨害とは具体的にどういったものだったのか？

クーパ博士を閉じ込めておくことが、排除であり、妨害であったならば、現状は、既にそれが無効となっている。クーパ博士、あるいはミチルは脱出し、チップを電子界にもたらしたのだから、マガタ博士に妨害しないように伝えてほしい、と僕に言ったことと矛盾してくる。

では、まだ電子界にはチップは渡っていないのか？

今もまだ、妨害あるいは排除が続いている状態だといいたいのか？

頭の中で、数々のシチュエーションが混ざり合ってしまい、何が現実で、何が虚構なのか、渦巻きのように両者が回転していた。

7

バスルームから出てリビングへ行くと、ロジが飲みもののリクエストを尋ねた。冷たいものが飲みたい、と答えた。ロジはキッチンへ行き、グラスを持って戻ってきた。

ソファにはセリンが座っている。肩にサポータを巻いていた。ロジが手当てをし直したようだ。僕が具合を尋ねると、全然大丈夫ですよ、と彼女は微笑んだ。

ロジが、僕の隣に腰掛ける。

「グアト、あの、謝りたいことがあります」ロジが言った。

「え、何かな？」僕はグラスに口をつけたあと、彼女の顔を見た。

「ロボットが攻撃的であるという私の予想が、現場を混乱させた可能性があります」ロジはそれだけ言うと、膝に手をついて頭を下げた。

「それは、べつに、君の責任ではない。危険側に予測することは、正しい判断だった」

「でも、攻撃をしなければ、あんなことにはなりませんでした」

「君が攻撃をしたわけではない。警察が撃った」

「私たちが、相手が強力だと脅したから、怯《おび》えていたのかもしれません」

「ロボットだった。誰が判断したのか知らないけれど。銃を向け合っていたら、一触即発で、ああいうことになるのは、まあ、当然といえば当然だ」

「グアトの評価を下げたかもしれません」

「全然気にしなくて良い。評価されたいなんて、これっぽっちも考えていないから」

「防備が意外でしたね」セリンが言った。「防備に見合った攻撃力を持っていたら、危険だったと思います」

「そう」ロジが頷いた。「手加減した攻撃だった」

「反省会は、それくらいにして……」僕は微笑んだ。「それよりも、面白いことを思いついたんだ。まだ、眠くない？」

「眠くありません」セリンが元気良く答えた。

僕は、シャワーを浴びながら考えたストーリィを二人に話した。言葉にすると、一分で語れてしまうほどシンプルだ。

「よくわかりません」ロジが感想を話した。「そんな小さな子が、いくら指示があったからといって、そのとおりに実行できるものでしょうか？」

「特に難しい指令があったわけじゃない。ただ、建物を出ていくだけだ。お迎えが来ているよ、と教えただけかもしれない」

「クーパロボットの行動が、子供っぽいとは、たしかに感じました」ロジが言う。「子供の考えが反映しているように見えましたけれど」

「うん、そこなんだけれど、電子世界では、それがスタンダードなのかなって、少し想像している。具体的な根拠はないけれど、なんというのか、あちらの世界は、リアルよりも純粋で、みんなが子供のままなのではないだろうかって」

「私は、逆にイメージします」ロジは言った。「人間の方が感情的で、子供っぽいと思います」

「感情的なのは、子供っぽいのとは少し違う」僕は首をふった。「子供っぽいというのは、ね、なんというのか、視界が狭いような、見ているところ、考えているところが、局所的なんだ。総合的な判断ができない。あちらこちらの状況を考慮できない。すぐ目の前にあるものに没頭している感じだね」

「グアトそのもののような……」ロジが言った。

「そう、私は、うん、自分でも子供っぽいと思っている。君の方が大人だ。でも、どちらが感情的かというと……」

「そうですね、私の方が感情的ですね。申し訳ありません」

「いや、謝ることではない。感情は大事だと思う」僕は言った。セリンの方へ視線を向けると、彼女はじっと話を聞いている様子だ。

「でも、ロジさんは、とても冷静だと思います」目が合ったので、セリンが発言した。

「そういえば、ドイツの情報局は、なかなかこちらへ来なかったね」僕はロジに言った。

「ロボットは、ダクトファンで飛んできたそうだけれど、大した速度ではない。ジェット機の半分くらいのスピードしか出ない。そうだよね?」

「はい。もう少し早く来てくれるものだと思っていました」ロジが言った。「それに、来たのは三人だけでした。ちょっと、どうかしていると思います。フェッセル氏が事態の危険性を認識していなかったとしか思えません」

「戦う気で来ていなかったんだよ」僕は言った。

「え? どういうことですか?」ロジが目を細めた。「ああ、まさか……」

「まあ、これは、気づかなかった振りをしていた方が良いと思う」

「わかりません。どういうことですか?」セリンが尋ねた。

「わざと遅れた、ということ」ロジが言った。

「遅れていないかもしれない。到着して、様子を観察していた。少し離れたところから見ていた。情報を収集するために来ていたんだ。もしかしたら、あと三人くらいいたんじゃないかな。そちらは、ジェット機でロボットをさらに追跡した。残りの三人が、こちらへ挨拶にきたというわけ」

「私たちが無事でなかったら、どう言い訳するつもりだったのでしょうか?」セリンがきいた。

「責任は警察にある、となるだけ」ロジが言った。「たしかに、情報局には、自宅へ帰った一般人を守る義務はありません」

「でも、ドイツ情報局に依頼されて、私たちはこの仕事をしていたのですから」セリンが言う。

「まあ……」僕は片手を広げた。「仮の話をしているだけだよ。本気になって怒らないこと。もし、そうだとすると、ドイツ情報局は、既にアイビス・チップが持ち出された、と考えている公算が高い。僕たちがそれを受け取ると思って、つけてきたのかもしれない」

「話を聞いていた、ということですか?」ロジが尋ねた。

「到着していたのなら、当然聞いていただろう。情報局員なら、それくらい、するんじゃない?」

「しますね」ロジが頷いた。それから、小さく舌打ちした。「私たちは三人しかいません。むこうは、何人も局員がいる。とにかく、最初からよくわからなかった。何がどうなっているのか……」

「いや、だいぶわかってきたよ」僕は話した。「リアルだけを見れば、事件は比較的単純だ。検事局の八人は殺された。警察が調べているとおり、研究所の地下で処理された。殺したのは、あくまでも僕の推測だけれど、ゾフィだ。彼女以外に、それだけのコントロールができる存在が、あそこにはいない。ジーモンでは無理だ。もちろん、クーパ博士がゾフィに命じた可能性はあるけれど、そうなると動機がわからない。やはり、クーパ博士は亡くなっていて、自分の遺体の処理をゾフィに指示しておいた。ゾフィは、八人を殺して、同じ方法で処理した。この場合、動機は復讐《ふくしゅう》だね。クーパ博士が亡くなったのは、裁判のせいであり、検事局のせいだ。仇《かたき》を取ったということになる。これが、リアルで起こった現象だ」

「クーパロボットは、以前から発注されていたようですけれど」ロジが言った。

「二つの可能性がある。クーパ博士がすべてを計画したか、あるいは、ゾフィが博士の遺志を継いだか。博士が亡くなったことで、博士の振りをして、ロボットを発注したのかもしれない。ゾフィは、外界との通信ができないけれど、博士はできた。博士から認証方法を聞き出していれば、ゾフィが博士に成り代わることができたかもしれない」

「情報局は、たぶん、ゾフィを疑っていますね」ロジが言う。

「そう……。シャットダウンしてしまうと、なにも聞き出せない。データは暗号化されているだろうし、脅して聞き出そうとすれば、すべて削除してしまうだろう。ゾフィには、なにも失うものがない。ゾフィの唯一の弱点は、ミチルだったのだと思う。ミチルがあそこにいると、情報局はミチルを人質にして、ゾフィをコントロールできたはずだ。ゾフィは、それを演算して、ミチルを外に逃した。クーパ博士の振りをして、外部に協力者を求めたはずだ。まあ……、あまり想像を深めても意味はないだろう。現象だけを見よう」

僕は、グラスの飲みものを喉に通した。こんなに話すとは思っていなかった。話し始めると、つぎつぎと言葉が出てくるものだ。

「一方で、電子の世界では、もう少し複雑なことが起こっているかもしれない。クーパ博士が開発したとされる技術、おそらく、博士自身が実践した、母体だけで子供を産む方法が、電子界では価値を持っているらしい。それを電子界へ取り込もうとしているようだ。その技術がリアルの世界で広まると、また人間が増えて、将来的には人工知能は物理的に縮小される可能性がある。それを阻止するためには、その技術が格納されたチップを手に入れること。できれば、完全に焼却することが望まれる。ロボットが話していた、マガタ博士が排除しようとした、というのは、マガタ博士が電子界のカリスマだという認識から連想されたものだと思う。マガタ博士は、電子界の神だから、クーパ博士の技術を消し去ろうとしている、という主張なんじゃないかな」

「それを、マガタ博士に話すと約束されましたけれど、どうするつもりですか?」ロジがきいた。「話しても、全然関係がないかもしれませんよね」

「私もそう思っている」僕は頷いた。「そもそも、マガタ博士は電子界の神ではない。博士が目指しているのは、リアルと電子界の融合のような機能だ。両者の対立に加担するようなことは、しないはずだ。クーパ博士は、なにか誤解をしていたのだと思う。そこは、マガタ博士に直接きけば、きっと明らかになるだろう」

8

翌朝になって、フェッセルから連絡があった。僕たち三人は、朝食を食べながら、彼と話をした。テーブルの中央のパンの皿の上に、小さなフェッセルが現れた。

「クーパ博士のロボットは、こちらの研究所前で捕獲されました」フェッセルは、挨拶もせず、いきなり報告を始めた。「建物の中には入れないつもりで、待機していましたが、まったく衝突はなく、あっさり機能停止となりました。エネルギィ切れだったようです」

「ロボットを、どうするつもりですか？」

「持ち主が行方不明ですので、廃棄したり、修理したりすることはできません。ただ、刑事事件を起こしたわけですから、警察が調査をします。情報局も興味がありますので、ロボットの内部を調べるつもりです。なお、製造したメーカとも連絡が取れ、設計図や仕様について、データ提示に応じると言っています」

「一緒にいたドローンは？」僕は尋ねた。

「そちらは、今のところ不明です。研究所へは戻ってきていません。どこから現れて、どこへ消えたのか、まったくわかりません」

「クーパ博士がレンタルしたとも思えませんしね」僕は冗談を返しておいた。

フェッセルが消えたので、僕はパンを手に取った。早朝、外にパトロールに出たセリンが、家の周辺には警察がいなくなった、と話した。朝の四時頃まではいたそうだ。ロボットが捕獲されたため危険が去った、との判断だろう。そういった連絡は、こちらには一切なかった。ロジは、その点に不満があるようだった。

「警察を責めるのは可哀想《かわいそう》だよ。痛手を負ったのだから」僕はロジに言った。「死者が出なかったのが幸いだった」

それについては、昨夜のうちに、警部から連絡が入ったらしい。この件は、ニュースにはなっていないようだ。おかげで、向かいの大家に説明しなくても済む。大家のビーヤとその夫のイエオリは、あの教会へ通っているかもしれない。早くあそこを修復してほしいものだ。

三人で話し合い、今日は出かけないことにした。ロジが、それを強く主張した。一日、情報収集に努《つと》めた方が良い、という堅実な意見である。

僕は、午前中に、またオーロラに会うことにした。

オーロラの実体は日本にいるのだが、もちろん、彼女には時差は関係がない。明るい公園のベンチで、彼女と会った。

僕は、クーパ博士が既に亡くなっている、という仮説を話した。また、ロボットとの攻防については、既にオーロラは知っていた。セリンの報告を情報局が受けているためだ。

当然ながら、オーロラを通じてマガタ博士に話を伝えると約束した部分も知っているはずである。

「クーパ博士が以前に亡くなったという可能性なら、私も演算しました」オーロラは、まったく驚かなかった。「比較的確率が高いと評価しています。ただ、クーパ博士が死亡した時期と、死因については、いろいろなケースが考えられると思います。この部分を推定するのに有効なデータは見当たりませんが、ここ一年以内のことと考えられます。一年まえには、ドイツの裁判所が、クーパ博士の顔面の撮影をしています。これは、健康診断の一環でした。ホログラムで誤魔化すことは不可能です。このときには、博士は生きていたと思われます」

「子供の健康診断は？」僕は尋ねた。

「博士自身が医者ですので、ご自身で実施していました。ご本人も、裁判上の手続きとして他者による診察が行われたにすぎません。しかし、ホログラムと間違えるようなことは、まずありえません」

「では、この一年の間に亡くなられた。そうなると、やはり裁判のストレスで、とゾフィが考えて、復讐をしようとした可能性はあるのでは？」

「そのような演算をゾフィがしたとしたら、どこかに異常があるか、あるいは、故意的なバイアスがかかっていたとしか考えられません。人工知能が復讐を計画することは不可能です。それを行う理屈がないからです。成し遂げることで、自身になんの利益ももたらされません。無駄なことです」

「では、ミチルが考えたとしたら？」

「それについては、私には考慮するための充分なデータがありません。ミチルという人間を規定あるいは推定するデータも存在しません。たとえ、クーパ博士の細胞から作られたクローンだとしても、幼年の段階で同じ思想を持つことは不可能です。感情を他者にトランスプラントする手法を開発したのなら、話は別ですが」

「それは、冗談？」

「はい、冗談です。失礼しました」オーロラは微笑んだ。「私の演算では、それよりも多少ですが、確率の高い仮説が求められました」

「へえ、どんな？」僕は地面を見つめていたが、視線を上げた。

「検事局の八人を抹殺するような動機は、人間にしか持つことができない極端な感情といえます。その持ち主はといえば、クーパ博士しか該当する人物が見出せません。すなわち、八人を殺すために、クーパ博士はドームから外へ出て、なんらかの武器か罠《わな》を用意していたのではないでしょうか。八人を排除し、溶解後に排出し、さらに、ロボットに指示して、ご自身も自害されたのです。無菌ドームから出ることは、博士には致命的といえますが、短時間であれば、薬などで症状を抑制し、活動ができたものと考えられます」

「なるほど。その場合、お嬢さんは、どうしたのかな?」

「演算しておりません」オーロラは答えた。「ご自分と同じように処理されたのか、あるいは、研究所から外に出したのか。このいずれかでしょう」

「その場合、あとから届いたロボットは、どう考える?」

「ロボットの納品が遅れた可能性を一番に考えました。本来の計画では、ロボットがもっと重要な役目を果たしたのではないでしょうか。ロボットが来ないうちに、検事局が来ることになってしまい、しかたなく、ご自身で実行する決断をされたのでしょう」

「筋は通っているように思える」僕は、彼女の意見を評価した。「今の仮説が現実と一致している確率はどれくらい?」

「十五パーセント程度です」

「なんだ、そんなに低いのか」

「低いか高いかを、どのように判定されていますか?」

「悪い悪い」僕は片手を振った。「根拠はない」

「沢山の仮説が考えられ、特別に優位なものはありません。比較的高いのが、今お話しした可能性です」

「どちらにしても、お嬢さんが不確定なんだね?」

「そのとおりです。同時に、どのような技術によって、お子さんが生まれたのかを、各方面が注目しています。その情報を求める依頼や、推測する論調、あるいは、関連企業への投資など、世界中で今も活発な反応が続いています」

「電子界でも?」

「はい。私は、内部のことはよく把握していませんが、アミラによると、その技術がリアルの世界で公開され、実用化すれば、電子界で大きな争いが勃発《ぼっぱつ》する可能性が高い、と予測しています。現在保《たも》たれている勢力の均衡が崩れることが原因です」

「そうなると、アミラとしては、その技術がなかったことにしてほしい、と考えるわけだね?」

「いいえ、人工知能はそのようには考えません。争いを避けたい、自分の勢力が有利になる方を望むというのは、ある意味で短絡的な思考です。将来的な観点から、必ずしも有利な選択とはいえないからです」

「そういうものかな。ちょっと理解できないけれど」

「私たちは、可能性を評価し、いずれの場合に対しても、最善の対策を講じるだけです。どちらが望ましいか、とは考えません」

「マガタ博士も、そうだろうか?」

「まちがいなく、そうお考えになるはずです」

「だとしたら、クーパ博士を排除しようとか、その技術を葬り去ろうとか、そういったことをマガタ博士がするなんて……」

「非常に考えにくい、確率の低い仮説といえます」オーロラは言った。「現在、マガタ博士がどちらにいらっしゃるのか不明ですが、連絡を取ろうと努力はしております。直接おききになるのがよろしいと存じます」

「きくまでもないことのように思うけれどね」僕は頷いた。「でも、なにか思いもしない理由があるかもしれない。もちろん、クーパ博士が勘違いをした、という可能性が高いのは変わらないけれど」

「電子界の情勢は、こちらとは時間的な相違があります。しばらく観察を続けてみないと影響の大小はわかりません。クーパ博士の件で、今後顕著な動きが見つかったときには、ご報告いたします」

「それはありがたいけれど、その、私がなにかの役目を果たせるような問題ではなくて、どちらかというと、正直なところ、巻き込まれたくないと考えているかな、と……」

「承知しております」オーロラはベンチから立ち上がり、丁寧にお辞儀をしたのち、姿を消した。

僕もオーロラも、マガタ博士を信じている。たぶん、そのとおりだろう。

しかし、その「信じる」の意味は、具体的にはよくわからない。一種の宗教、つまりオカルトかもしれない、と思えるほどだ。だが、一般人には、このような指向は見られない。マガタ博士は、過去のビッグネームでしかない。現在は、一人の人物を崇拝するような思想は、世界のどこにも存在しない。天才というものの価値が、過去よりも目減りしている。カリスマとは、もはや人工知能にしかなりえないポジションだろう。

そうだ、忘れていたことがあった。ヴォッシュが話していたこと。

マガタ博士が若い頃に起こした事件について、オーロラと話すべきだった。

マガタ博士にも、ミチルという名の子供がいた。同じように、閉じ込められた環境から外界へ脱出したという。

クーパ博士は、マガタ博士の生き方をトレースしたのだろうか？

その可能性は、否定できない。

もしかして、クーパ博士こそ、マガタ・シキに強く傾倒していたのかもしれない。自身が排除されているというのは、その反発だったのか？

非常に感情的なエネルギィを感じた。

謎を曇らせているものが、そのあたりにありそうだ、と予感できた。

謎？

何が謎なのか？

クーパ博士の研究成果の核心のことか？

それとも、騒動を引き起こした動機のことか？

日本とドイツの情報局の思惑か？

それよりも、どうしてこの僕が、これほど引っ張り出されるのか？

誰も教えてくれない。

たぶん、誰も把握していない。単なる現象であり、偶然が重なっているだけともいえる。本来、謎とは、偶然の重なりでは起こりえない現象のことだ。

そうだとしたら、今現在、謎というものはないのかもしれない。

第4章　どのように彼女は生かされたか？　How was she alive?

この概念をブランカはうんざりするほど熟知していたが、それでも図を凝視して、あらたな視点からそれを見ようとした。「そして六次元球面は全種類の素粒子を作りだす、なぜなら特異点を異なるかたちで回避する余地があるから。でも、あなたは二次元球面からはじめたといった。それは、三次元をとりあつかったあとでということ？」

1

なにごともなく三日が経過した。喧《やかま》しい時間があるから、静けさが聞こえるのと同じで、平穏というものを感じて、これが掛け替えのないものだ、と思い出した。

クーパ研究所からは、特に新たな知らせはなかった。警察も情報局も、まだ捜索を続けているらしいが、あの建物内からも、またその周辺からも、特に注目すべき発見はなかったようだ。

クーパ博士のロボットが異常な行動を取ったことに関して、警察は「暴走」という表現を使った。ロボットのハードとメモリィが調査の対象となったが、そういった行動を起こさせるプログラムなどは検出されていない。したがって、トランスファが原因ではないか、との見方が有力だ。それは、最初から予想されていた結論である。ただ、これについても確証は得られていない。

研究所からの排水を精密検査した結果、通常よりもAu、すなわち金の成分が多い値を示したことが公表された。これは、研究所から一キロ半も離れた場所の下水道から採取された試料の分析によるものだった。警察は、検事局のロボットが融解されたためではないか、との予測を内々に伝えてきた。ただ、特定することは困難だろう。それ以外の成分では、異常値は見つかっていない。

人工知能ゾフィは、今も稼働しているが、コミュニケーションが取れない状況が続いている。これに関し、僕に再度研究所へ来てほしい、という依頼がドイツ情報局からあったものの、ロジが首を横にふった。日本の情報局からは、そのような指示はない、というのが彼女の言い分である。強制力はない、ということだろう。

ゾフィとの間で通信が可能になれば、わざわざ出ていかなくても、軽い気持ちで接することができるだろう、と僕は思う。そのうち、そうなるのではないか、とも予測している。

セリンは、昨日からクーパ研究所へ出向き、ドイツ情報局の捜査に参加している。この報告は日本の情報局を通してロジにも届いているが、やっている作業の、あまりにも具体的で細かい事項に終始した内容で、結果としてなにか発見されたとか、あるいは何を探しているのか、などは不明だった。

　クーパ研究所に常駐していたジーモンは、まだ契約期間ではあったが、本人が希望すれば、職から離れることが可能である、との判断が既に裁判所から出ているそうだ。セリンによると、本人はまだ決めかねているとのことである。

　その後、オーロラからは連絡がない。マガタ博士に会えるだろうか、と毎日何度も想像したけれど、こちらから連絡をする手立てはない。そもそも、マガタ博士は今も生きているのか。そして、人間なのか、ウォーカロンなのか、あるいは人工知能なのか。それさえも明確ではない。過去に数回会ったことはあるものの、それだけでは、わからなかったからだ。現実というものが、いかに複雑化し、人間の感覚が真実を捉えられない時代になっているかを実感するだけだ。

　もちろん、会って話をするといっても、それはヴァーチャルになるだろう、と予測していた。また同様に、ゾフィが見せてくれたクーパ博士のヴァーチャルにも、僕はまた会いたいと思っていた。あの草原での邂逅《かいこう》は、まったく不充分だった。再度会えるものと期待していたのだが……。

　僕は、亡くなったツェリン博士のことを、クーパ博士から聞きたかったのだ、と思い出した。あのときは、そこまで頭が回らなかった。流れ星のように、あっという間の出来事だった。

もっとも、あれはゾフィが作ったフィギュアだ。クーパ博士の本来の記憶をどの程度再現しているかは疑わしい。

現実と虚構の境が曖昧になって、もう長い年月が経っている。人々は、少しずつ虚構側へ重心をシフトさせているだろう。ヴァーチャルの世界には、不純なものはない。理想の環境下で、自由に生きることが可能だ。

永遠に近い寿命を手に入れたのに、今でも肉体が重荷になっている。人間の欲望は、自分の生に関する矛盾にも到達したのか。

おそらく、あの無菌ドームの中での生活は、ほとんどヴァーチャルに等しいものだっただろう。その幻影をゾフィが担っていた。クーパ博士にとって、自身の病は、断ち切りたい現実のウェイトだったのにちがいない。本当の自由を獲得するために、自らそのウェイトを切り捨てた、という可能性もある。

さらに一週間が経過した。

セリンは日本に帰った。僕とロジの生活は、平常に戻っていた。そんなとき、日本の情報局から、ちょっとした資料が届いた。それは、キャサリン・クーパ博士の研究資料の一部で、チベットのツェリン・パサン博士に送られたものだった。ツェリンは既に亡くなっていて、彼女の大部分の学術遺産は、チベットが保管しているらしい。今回、クーパ博士に関係する資料の有無について調査依頼を受け、未公開だったデータに行き着いたという。五年ほどまえのものらしく、暗号化もされていなかった。ツェリンのメモが残っていて、いずれそれが発表されることになる、とあった。つまり、論文の発表まえに、クーパ博士は親友に資料を送り、評価を求めたようだ。

関連の文書は見つかっていない。ツェリンが消去した可能性が高い。

十数枚の図形および数式が一つのフォルダに収まっていた。情報局では、重要性は低いとの判定だったそうだ。その判定には、オーロラも加わっていることだろう。それで、僕に送ってきたというわけである。

ロジが外でクルマの掃除をしている午後だった。掃除といっても、ボディを洗うのではない。エンジンを分解し、内部のメカニズムを綺麗にしているのだ。僕にはその行為がどんな意味を持つのかわからなかった。工学には詳しいつもりだが、あまりにも前時代的な機械であり、まさにカラクリといえる代物なのである。

ロジの説明に十五分ほどつき合ったあと、リビングに戻ったときに、その資料が届いていたので、コーヒーを淹《い》れて、ソファでそれを飲みながら内容を見た。

数式は、よくわからない。図は、幾何学的な絵柄《えがら》で、立体だった。バネの形のようなものが最初に目に留まった。これは、遺伝子だろう、と僕は思った。その後は、分子構造のパターンが示され、それに相当する数式との関連が、しだいに見えてきた。

なるほどね、面白いことを考えたものだ、とさらに眺めていくと、信じられないような綺麗な法則性に気づいた。

何だろう、これは。

まるで、宇宙の真理のような美しい式化ではないか。

パズルのように、それぞれが嵌《はま》り込む様は、おもちゃのブロックを連想させた。

まちがいなく、これがクーパ博士のアイビス・チップのコアだろう、と直感した。

もちろん、具体的なことはわからない。しかし、この図形のとおりのことが実現できるとすれば、生命の本質に迫るような発見ではないか、と感じた。

ツェリンは、これをどう思っただろう。

また、もしクーパ博士がまだ生きているならば、絶対に世界の注目を集めたのではないか、とも想像した。

しかし、五年もまえのことだという点が気になる。五年間もこれが公にならなかったのは、どうしてだろうか？

夕方になって、ロジにその資料を見せて、ざっと説明を試みたが、自分で話していても、これは伝わるはずがないと確信できた。ロジも、きょとんとした顔と、困った顔を行ったり来たりするだけだった。

「まったく、全然わかりませんけれど」

「そんなに凄いことなんですか?」彼女は苦笑いした。「まったく、全然わかりませんけれど」

「もちろん、ここにはエビデンスがない。こんなものを発見したら、私だったら跳んで驚くよ。もし、これが真実なら、本当に素晴らしい」

「でも、真実ではない、証拠がないから、表に出なかったのではありませんか?」

「そう……、その可能性はある。ちょっとやそっとでは、誰も信じてくれないだろうから、もっと確かなデータを取ろうとしたのかもしれない。クーパ博士は、外に出られないから、ツェリン博士に実証を頼んだんじゃないかな。そんな想像をした」

「だとしたら、ツェリン博士が亡くなったことで、研究の進展が遅れたか、あるいは頓挫《とんざ》したのかもしれませんね」ロジは言った。「だけど、そんな凄いことなら、ツェリン博士が、なにかおっしゃっても良さそうなものですが」

「いやあ、どうかな……。研究というのは、正式に発表するまでは、秘密厳守のことが多い。特に、自分の研究ではない場合は、余計に慎重になる。話せなかったんじゃないかと思う」

2

ロジがクルマでドライブしようと誘ったので、隣町のレストランに予約をして、そこへ出かけることになった。そう言われて、気づいたのだが、今日は日曜日らしい。以前に一度だけ訪れたことがあった場所だ。クルマで片道二十分ほどの距離である。既に日は落ちているが、まだ充分に明るかった。ロジのクルマは液体燃料を燃焼するエンジンで駆動しているクラシックカーだ。屋根は取り外してあった。つまり、オープンである。

「雨が降らないかな?」僕は空を見た。

「そのときは、濡《ぬ》れて帰ってきましょう」ロジは簡単に言った。「シートなども、防水なので、問題ありませんよ」

クルマは良いかもしれないが、人間は防水だろうか。濡れたら気持ちの良いものではない。雨が降らないことを祈った。

走っている間は、ロジのエンジン談義につき合った。彼女は機嫌が良さそうだった。レストランに到着し、テーブルに案内されると、なにか連絡があったようで、メニューを持ったまま、別のところへ視線が向いていた。店員が注文を取りにきて、僕たちは同じものを注文した。というよりも、ロジはメニューを見ていなかった。僕が選んだものに同調しただけだ。これは珍しいことなので、少し気になった。

「どうしたの?」僕は尋ねた。なにか重要な連絡があったのではないか、と思ったからだ。

「フェッセル氏からです」ロジは、僕の方へ顔を近づける。「ゾフィを、外部回線に接続することになったそうです」

「そう……。やっと、外に出られることになったんだ」僕は言った。

「万が一のことがあるといけないので、情報局員の護衛をこちらへ派遣した、と言ってきました。単なる連絡なので、こちらからは返答はしていません」

「万が一というのは、どういうことだろうね」

「あのロボットをこちらへ寄越したのがゾフィだとしたら、同じようなことが起きるかもしれない、という意味ではないでしょうか」

「同じようなことか」僕は言葉を繰り返す。

グラスと飲みものが届いた。店員がそれを注いでくれる間、会話は中断した。店員が去ったあと、まず、グラスを片手に持ち、軽く接触させた。

一口飲んだ。スパークリングの酸っぱい飲みものだ。ロジも同じである。

「べつに、同じようなことがあっても、ゾフィと話をすることになるだけだと思うけれど」僕は言った。「まだまだ、話したいことがあるのかもしれない」

「暴力的な展開には絶対にならない、といえますか?」ロジが眉を寄せてきいた。

「絶対なんてことは、どんな場合でもいえない」僕は微笑んだ。「その確率は低い、ならいえると思う」

「もっと私を安心させてくれる人がいいな」

ロジのジョークに、僕は笑った。

店内は薄暗い。テーブルに揺れる炎のキャンドルがあったが、もちろんホログラムである。

「ゾフィが会いに来るとしたら、ヴァーチャルだと思うよ」僕は言った。ロジを安心させる人になろうと思ったのかもしれない。「僕がよく出かけていく場所を、今頃調べているだろう」

「情報局員が来ますよ。どうします? 家の外を見張ってもらいますか? 家の中に入れることはできませんから」

同じ情報局員として、明かせないものがあるのだろう。たしかに、家の中になにか仕掛けられたりしたら面白くない。

「まあ、食事をしている間くらいは、なにごとも起こらないと良いね」僕は言った。「それとも、今すぐキャンセルして、帰宅する?」

「迷いますね」ロジは言った。「グアトに判断を任せます」

「せっかくだから、食べていこう」僕は微笑んだ。

テーブルにオードブルが運ばれてきた。なにかの肉のようだが、メニューにも書かれてなかったし、店員の説明も聞き取れなかった。

「ゾフィは、電子の世界でどんなふうに受け入れられるだろう?」

「そんな抽象的なこと、私には想像もできません」

「そう……。あちらの世界は、抽象的なんだ。細かい概念が欠落しているともいえる。それは、こうして食べることもないし、触ってみることもない、すべてが信号で、数字の世界だからね。デジタルというのは、極めて抽象的な価値観を形成するだろう。逆に見ると、このリアルの世界には、第一に自然があって、無数の生きものがいて、絡み合って生息している。自然界には、記号のようなものがない。リアルは、滅多に抽象しないんだ。人間だけが、そんななかで、数をかぞえ始めて、言葉という信号を作った。それぞれを別々の生きものとは捉えず、人間は人間という同じ生きものだと抽象化した。仲間と敵という区別が、その抽象化から最初に生まれただろう」

「電子の世界でも、争いがあるそうですから、敵と味方は存在するのでは?」

「それは、きっとリアルの世界から学習したことだと思う。相手よりも有利な選択をすることで、自分の環境がグレードアップできる。それが幸せであり、存在し活動することの目標になっていく。すべてを、リアル社会の人間から学んだ。というよりも、そもそも、コンピュータは人間が、そういった目標を追求するために作ったツールだったんだから、生まれながらにして、人間について学ぶという本能を持っていたことになるんじゃないかな」

「人間の社会から離れていくようなことはないのでしょうか？」

「カリスマ的な指導者が現れれば、そうなるかもね」僕は微笑んだ。「彼らは、どういう存在に導かれるだろう？　少なくとも、勢力というものが生まれているのだから、何某《なにがし》かの理念みたいなもので、まとまりを作っているのだと想像するけれど。うーん、もっと、電子界をちゃんと観察しないといけないな。そういうツールを早く開発するべきだね。非常に遅れている」

「グアトが適任なのでは？」ロジが言った。

「え？」僕は、一瞬何を言われたのかわからなかった。「何？　その、ツールを開発するのを、私がやれば良いという意味？」

「そうです」ロジが頷いた。

「いやぁ……、そんな簡単なものではない。まずは、十年くらいかけて準備をしないと。一人でできるようなことではないし」

「オーロラが手伝ってくれますよ、きっと」ロジは微笑んだ。それから急に驚いた表情になった。「あ、えっと、冗談で言ったのではないし、皮肉でもありません。私だって、手伝えることが、もしあれば、喜んで協力します」

僕は、しばらく考えた。会話は途絶えたが、ロジが面白そうに僕の顔を見ているので、ときどき表情を少し変化させるだけの対応をした。通信はしていますよ、という確認の通信だ。

3

若い男性の店員が、ワゴンを押してテーブルへ近づいてきた。メインディッシュのようだった。同じ料理を、僕たち二人の前に置き、無表情で説明をした。何を言っているのか、僕にはわからなかった。言葉はわかるが、固有名詞がわからない。すぐに食べたかったけれど、ナイフとフォークがなかった。ロジと顔を見合わせた。

「あの、ナイフをお願いします」ロジが言った。

「大変失礼しました」店員は、慌てて戻っていった。

「珍しいね」僕は言った。

「何がですか?」ロジがきいた。

「今の彼は、ウォーカロンだと思う。ロボットかもしれない。どちらにしても、ミスをするのが珍しいということ」
ロジは口を少し尖らせただけだった。
店員はすぐに戻ってきた。ナプキンとナイフを持っている。
僕のすぐ横に立ち、テーブルにそれらを並べようとした。
僕は、変な音を聞いた。
低い雑音のような機械音だった。なにかが唸《うな》っている。
何だろう？
店員の手がテーブルの上にあったが、それが振動していた。機械のように。
ロジを見ると、彼女は目を見開いて、店員を睨んでいた。
店員の顔を、僕は一瞬だけ見た。
口を開け、歯を剝《む》き出《だ》していた。
片手に持ったナイフを振り上げる。
僕はシートの奥へ倒れ込むように逃げた。
店員が低く唸ったまま迫ってくる。
横から、なにかが飛ぶ。それが店員の顔にぶつかった。
「テーブルの下へ」ロジが叫んだ。
ロジが飛び出していき、店員は後方へ飛ばされた。隣のテーブルにぶつかり、椅子を押し倒した。大きな音を立てた。

店内で悲鳴が上がる。

ロジは素早く立ち上がり、低く構えている。銃を持っているわけではない。体当たりしたのだ。

店員が起き上がった。まだ唸っている。顔はさらに歪《ゆが》んでいた。

ロジは後ろへ手を伸ばし、テーブルのナイフを摑んだ。

僕はテーブルの下へ入り、彼女の背中を見上げる。店員は隣のテーブルを摑み、それを高々と持ち上げた。

「やめろ！」誰かが叫んだ。

しかし、店員はテーブルをこちらへ投げつける。ロジはそれを横に躱《かわ》し、前方へナイフを突き出す。水平に腕を振った。

店員の胸の辺りに届いたかもしれない。

彼は怯《ひる》まず、ロジに襲いかかり、彼女の腕を取る。ナイフを摑む。彼の手から血が流れた。ロジはナイフを離し、同時に脚を蹴《け》り上げた。

店員は後方へよろけたが、手にはナイフを握ったままだった。

その手は、刃を握っていたが、素早く持ち替えた。異様な顔のまま、血のついたナイフを前に突き出す。

ロジは構えている。

店員が前へ出ようとして、ロジが後ろへ下がった。彼女は、倒れていた椅子に足を取られ、バランスを崩し、後方へ倒れた。僕は、テーブルから飛び出した。

彼女の前に出る。

「グアト。駄目!」ロジが叫んだ。

店員のナイフが、僕に真っ直ぐ突っ込んでくる。

皿があったら、それを盾にして避けられる、と一瞬考えたが、そんな暇はない。リアルは、もの凄く遅い。すべてがスローモーションで見えた。

高い音がした。食器が当たるような音だった。

僕の目の前で、店員は止まった。

静かになった。店員の後ろに、誰かが立っている。

ロジが僕を後ろへ引っ張った。

店は静かになっていた。

店員は床に倒れ、あの低い音も止まった。

ロジが立ち上がり、僕も遅れて立った。息を大きく吐いた。

その男は、長い刀を持っていたが、滑らかな動作で、それを鞘《さや》に収めた。暴走した店員を背後から斬《き》ったようだ。俯《うつぶ》せの店員の首の後ろが裂けて、赤い血が流れていた。

「それは血ではありません」刀の男が静かに言った。「オイルです。十年ほどまえのタイプのロボットです。首の後ろにメインのケーブルがあるので、そこを切断しました。お怪我はありませんか?」

男は、僕たちの方へ近づくとき、倒れているロボットを跨《また》いだ。

髪型は変わっていたが、金髪で彫りの深い顔を、僕はよく覚えていた。

「デミアン」僕は、彼の名を呟いた。しかし、その名前が適切かどうか、若干の迷いがあった「えっと、なんと呼べば良いのか……」

「デミアンでけっこうです」彼はさらに近づき、僕とロジにだけ聞こえる小声で囁いた。「情報局の指示で、お二人よりもさきに店内におりました。用心のためです。お邪魔をするつもりはなかった。お許し下さい。食事を続けられますか?」

僕は、ロジを見た。彼女は、首を横にふった。

結局、店を出ることにした。デミアンは、警察に連絡をしたようだ。料理の代金を払おうとしたが、受け取ってもらえなかった。たしかに、狂ったとはいえ、店の従業員が起こした不始末ではある。

駐車場へ短い階段を下りていき、クルマまで歩いた。背後からデミアンがついてくるので、ロジとの会話は憚《はばか》られた。

「ゾフィが関係しているかどうかを調査します」デミアンは僕に言った。「おそらく、そうではなく、単なる残党だと思われます。では、お気をつけてお帰り下さい」

「警護してもらえるのですか？」ロジが尋ねた。

「はい。なるべく、お邪魔にならないように気をつけます」デミアンは答えた。

「君は、情報局員になったの？」僕はきく。

「正式ではありません。外部委託されているだけです」

彼とはそこで別れ、僕とロジはクルマに乗った。

ロジはエンジンをかけてから、車内の探知をした。盗聴器を調べたようだった。

道路に出て加速したあと、ようやく彼女は深呼吸をした。

「危ないところだったね」僕は言った。「銃を持っていなかった？」

「持っていました、ブーツに。あと二秒で撃っていました。ただ、小型の銃なので、ロボットを止められたかどうかはわかりません。グアトが邪魔でしたので、急所を外すかもしれない角度でした」

「ごめん、邪魔をしたみたいだ」

「いえ、そういう意味ではありません。助けていただいたのは、嬉しく思います」

「デミアンも助けてくれた」

「そうですね、外面的には」

「このまえのクーパロボットのときに、デミアンを派遣してくれれば、警官の被害は出なかったのに」

「わかりません。来ていたのかも」

「残党と言っていたね。なんだか、排除しきれなかったみたいな言い分に聞こえた」

「やはり、ゾフィが外に出たという情報を、もっと真剣に聞いておけば良かったですね。トランスファがロボットをコントロールしたのだと思います。家から出なければ、こんなことにはならなかったはず」

「どうかな……」

「デミアンは、どうして私たちが行くレストランを知っていたのでしょうか？　予約したのを盗聴されたとしたら、公のルータが情報局に監視されていることになります。もしそうなら、大きなスキャンダルになるかもしれません」

「命を救ってもらったんだから、そのくらいは我慢しよう」

「はい、私も……、同業ですから、それは、そうなんですけれど」

家に帰り、玄関から入るときに、ロジは辺りをじっと見回した。僕は空を見上げた。物音もしないし、不審なものはなかった。

室内に入り、キッチンへ行く。

ロジはバスルームで手を洗っているようだった。僕は冷蔵庫から、冷たい飲みものを出して、グラスでそれを飲んだ。

ロジが出てくる。顔も洗ったのか、タオルを持ったままだった。

「食べ直す？　なにか作ろうか？」

「グアトは？」

「私は、うーん、どちらでも良い。君が食べるなら、つき合うけれど」

「あまり、食欲がありません」

「じゃあ、やめておこう」

飲みものを持って、リビングへ行く。ソファに腰を下ろした。ロジも、自分の飲みものを持ってきた。彼女は、僕のすぐ横に座った。

「今も、外でデミアンが見張っていると思うと、落ち着きませんね」ロジが言った。

「明日の朝には帰るんじゃないかな」

「どうしてですか？」

「超過勤務になるから」僕は答えた。

ロジは、少し遅れて、鼻から息を吐いた。彼女が笑ったので、僕はほっとした。

「外食なんか、するもんじゃありませんね」ロジは呟いた。

4

翌朝は静かにやってきた。窓から曇りのない光が差し込んで、僕は目を覚ました。ロジは、もう起きているようだった。

キッチンへ行くと、良い匂いがした。ロジが料理をしているようだ。

「珍しいね。どうしたの？」

「お腹《なか》が空いたので」ロジは振り返って答えた。

冷蔵庫にあったものを、焼いたり温めたりして、食べた。

「外を見てきましたけれど、デミアンはいませんでした。グアトの言ったとおり、帰ったのかもしれません」

「ゾフィに関して、なんらかの解決があった、と解釈できるね」

「そうですか？」

「その目論見《もくろみ》があったから、ゾフィを解き放つ賭《か》けをしたんだ、情報局は」

「私にはわかりません」

「いや、私にも具体的には全然わからない。単なる、ぼんやりとしたアウトラインだよ。でも、きっとそうだと思う。その解決が確認できるまで、タイムラグがあって、その間だけ、エースの要員を派遣して、私たちの安全を確保した。まあ、だいたいそんなところだね」

「デミアンは、エースなのですか？」

「本当のエースは、電子界を見張っていたトランスファだ。あの店員を使ったことで、相手の尻尾《しっぽ》が摑めたから、一気に攻め込んだんだと思う」

「では、私たちは、囮《おとり》だったのですか？」

「そういう呼び方もあるね」

「なるほど、ありそうな気がします。そういった作戦はよくあります。警察はできないけれど、情報局では常套《じょうとう》手段」

「たぶん、肉を切らせて骨を断つ作戦っていうんじゃないかな」

「いいえ、そんな長ったらしい名前ではありません」

「私たちは、最初から囮だったんだ。相手を誘《おび》き出《だ》し、罠に嵌《は》めるための餌《えさ》だった」

「それは、はい、私も感じました。正直、嬉しくありませんね。よくもこんな、人をなめた真似をしてくれたものだ、と思っています。どこかに怒鳴《どな》り込《こ》みたい」

「なめたわけじゃないよ。あちらの方が、沢山演算をしたというだけのこと」

「私たちには、考えるためのデータがありませんでした」

「今はある」僕は言った。「あと、不足しているとしたら、マガタ博士から話を聞いていないことくらいかな」

「ドイツ情報局は、私たちに協力を要請しておきながら、なにも情報をくれませんでした」ロジは言った。「クーパ博士のこれまでの履歴に関して、少なくとも、もっと詳しい情報があったはずです。私たちが出向いたときには、既に誰もいなかった。では、みんながいたときはどうだったのか、という部分が見せてもらえませんでした。そうでしたよね?」

「たしかに、そう感じるのは、うん、もっともだと思う」僕は温かいコーヒーを一口飲んだ。「ちょっと思うんだけれど、今は、その、人間というか、うーん、物体というか、現実に存在しているものすべてがそうなんだけれど、実際にあるのかどうかが、曖昧になっているんだ。人だったら、そこに人がいるのか、それともいないのか。クーパ博士だって、今も生きているのか、それともだいぶまえに亡くなったのか、曖昧だ。そういう曖昧なままま、私たちは彼女を認識しないといけない。クーパ博士のお嬢さんも同じだ。本当にミチルさんは、この世に生まれていたのか、誰も証明できないかもしれない。もっと突き詰めると、現実に存在することに、どれほどの価値があるのかも、もの凄く曖昧になっている。存在しても存在しなくても、その影響は変わらない。だったら、ほとんど同じだといっても良い。どうしてこうなったのか。だいぶまえから、じわじわとシフトしてきたと思うんだ。人が機械に近づき、生きているものと、生きていないものの境界が曖昧になってしまった。人は死ななくなったし、生まれなくなった。そうなると、もうほとんど生きていないのと同じなんだ。一方では、ヴァーチャルの解像度がどんどん増して、あらゆるものがデジタル化して、その中に現実を取り込もうとしているわけだから、今度は、存在そのものが、わかりにくくなってしまった。なんというのか、夢か現《うつつ》か、どちらでも良いみたいな感じになっている」

「物体は、触れます」ロジが言った。「グアトの手を、私は握ることができます」

「いや、それも、君の神経を伝わる信号でしかない。同じ感覚がヴァーチャルで再現されている」

「でも、まだ、両者を間違えるようなことはありません」

「そうかな？　私は、自信がない」僕は首をふった。

「そういうのを、なにか寂《さび》しいと感じるとしたら、それはどうしてですか？　やっぱり、存在しないものを、恐れているからでしょうか？」

「電子社会では、存在しないものとは、結局のところ、再現できないもの、という意味になるのかな。再現できないと寂しい。死んでしまったら、もうその人は再現できないから、寂しく思う。失う、という感覚だよね。存在を失うんだ。でも、信号は失われない。いくらでもバックアップが取れるからね」

「バックアップでは、駄目だと私は思います。そういうのは、嫌です。死んでも良いから、生きていられるんです。そうじゃありませんか？」

「クーパ博士の研究を見て思ったんだけれど、結局、生きているものも、単なる信号なんだよね。うん、虚《むな》しいかもしれないけれど、その虚しさに、美しさを感じるわけで……。何だろう、いや、同じかな……。生きていても、本当は生きていない。存在していても、実は存在してない。ああ、なんだか、刹那《せつな》的になってきたね、話が」

「そういうお話を聞くと、涙が出ます」ロジが言った。言葉だけではなかった。彼女は、目を潤《うる》ませている。

「どうして？」僕は、驚いて尋ねる。

「わかりません。どうしてでしょうか？」ロジは、小首を傾げた。「悲しいけれど、綺麗だからかな」

ロジの表情が変わった。彼女は腰を浮かせ、壁の方を向いて、顳顬に指を当てた。数秒後に、彼女は僕を振り返る。

「ゾフィが、グアトに会いたがっているそうです。本局から連絡がありました」

「そう……」僕は頷いた。「そろそろだとは思っていた」

僕は、カップに残っていたコーヒーを飲んでから、立ち上がった。地下室へ降りていき、ヴァーチャルへ入るためだ。

「私も行きます」ロジも降りてきた。「駄目でしょうか？」

「いや、そんなことはないよ。たぶん、友好的なコンタクトだと思う」

僕とロジは、棺桶《かんおけ》と呼ばれているカプセルに入った。

5

最初に、いつもの場所でオーロラに会った。ロジも一緒なので、似ている二人の違いがよくわかった。オーロラは、ロジの姉に見える。落ち着いている仕草のせいだろう。もちろん、こんな話は一切していない。一瞬思い浮かんだだけだ。

オーロラによれば、既にゾフィとも協議をしたという。大きな問題もなく、情報交換ができたこと、キャサリン・クーパ博士に関しては、ゾフィは内密にすることを指示されている、との話だそうだ。

それから、マガタ博士には、今回の事件のことで、僕が会いたがっていると伝えることができた、とオーロラは言った。

「誤解が生じていることを認識しています、とおっしゃっていました」オーロラはこう表現した。

「誰の誤解?」僕はきいた。

「貴方の誤解です」オーロラは答える。

「どんな誤解ですか?」思わず聞いてしまった。「オーロラは、聞いたのでしょう?」

「お聞きしました。でも、事態に大きくは影響いたしません。直接お聞きになった方がよろしいかと」

「いつ、どこで会えるのですか?」僕は尋ねた。

「その指定はされておりません。近々ということかと思いますが」

そのあと、オーロラの案内で、海の上を飛び、岩山の孤島へ降り立った。無数の石を積み上げたドーム状の建物があって、その小さな入口を潜《くぐ》り抜けて、中に入った。小さな建物だったのに、内部は広大で、少し先に明るい出口が見えた。オーロラは消えて、僕とロジは、その出口へ向かって歩いた。

真っ白の世界があった。

何だろう、これは、としばらくわからなかったが、ところどころに見える不連続な亀裂《きれつ》のような部分は青白い。大気には細かい粒子が混ざり、横方向へ移動しているのがわかった。

「吹雪みたいですね」ロジが言った。

大地は凍《こお》っているようだ。ただ、寒さも感じないし、風も感じなかった。僕たち二人の服装は、まったくの普段着である。

そんな吹雪の中から、クーパ博士が近づいてきた。僕たちの前で立ち止まり、ゆっくりとお辞儀をした。

「こうして、自由の身となり、再びお会いできたことを嬉しく思っております」クーパ博士は言った。以前にドームの中で会ったときと同じ姿、同じ声だった。彼女は、長い白衣のようなものを羽織《はお》っていた。医者としてのスタンダードなファッションかもしれないが、いくぶん古典的だと思われる。

「お二人でいらっしゃったのですね」クーパ博士はロジに言った。「前回も、殺菌処理室までは、いらっしゃった。そうでしたね?」

「はい。あのときは、遠慮して……、その、出ていかない方が良いと思いました」ロジが答えた。

「今回は?」クーパ博士がきく。

「今回は、一緒に行きたいと思いました。あの、いけなかったでしょうか?」

「いいえ、けっこうですよ。問題ありません」博士は、僕の方へ視線を移す。「歩きながら、話しましょうか」

僕たちが向いていた方向へ、三人は歩き始めた。僕が中央で、右にクーパ博士、左の少し後ろにロジがいる。吹雪は止んで、空は晴れてきた。上半分は、白から青に変化し、大地の白さは遠くまで広がった。いくら歩いても、風景が変わるようには思えない。北極がこれに近い景観だった、と思い出した。

「私の論文の一部をご覧になったそうですね?」クーパは言った。「ツェリンとは、長く交友がありまして、お互いに深く信頼しておりました。彼女が亡くなったときには、信じられませんでした」

「私たちは、その場にいました」僕は語った。「彼女が亡くなる場に、二人ともいたのです。助けることができなかったことを、悔《くや》しく思い出します」

「まだ若くて、これからという研究者でした」クーパ博士は、遠くを見る視線で話した。

「私の理論的研究の実証をお願いしていましたが、実現しませんでした」

「非常に美しく構築されたモデルのように拝見しました」僕は言った。

「自然とは、シンプルです。そういうものを人間は美しいと感じます。たとえば、どんなところにも明確な境界というものが存在しません。細かく見ていけば、分布と密度の連続的な変化があるだけです。それらを、人間が捉えて、ゼロか一かと区別します。すると形という概念が現れ、姿という幻想が見えてきます。そうしたものに、理屈と均整を求めるのが人間です」

「マガタ博士が、研究の邪魔をしている、と聞きました。マガタ博士には、まもなくお会いすることができそうです。メッセージは伝えるつもりでいます」僕は言った。

「感謝します」クーパはこちらを向いて頭を下げた。「ただ、今の私には、うっすらとわかっていることなのです。覚悟もできております。私の理論は、完全ではない。これでは近い将来に破綻《はたん》するだろう。おそらく、マガタ博士は、それを見越していらっしゃったものと想像します」

「電子界で自由になられたのですから、マガタ博士に直接お会いすれば良いのではありませんか?」

「身分不相応だと認識しておりますが、もしも許されるのならば、もちろん願ってもないことです」

「その思いは伝わると思いますよ」僕は言った。「あの……、変なことを伺いますけれど、マガタ博士が若いときに、閉じ込められていた研究所から脱出されたことを、ご存知だったでしょうか?」

「はい、存じております」クーパは表情を変えなかった。「私の今回の行動が、そのときに類似している、とおっしゃりたいのですね?」

「似ている要素があるように思います」

「客観的に見て、そうかもしれません。ただ、私には、そういった意図も考えもありません」

「そうでしょう。単なる偶然だったのですね? 似せることに意味があるとは、とても思えませんから」

「はい。その点に関しては、私からは、なにも発言できることがありません」

「お嬢さんは、どうされていますか?」僕は、具体的なことを質問した。

「おかげさまで、なにごともなく」クーパ博士は、淀《よど》みなく答えた。

「クーパ博士もですか?」僕はさらに尋ねた。

「私が、キャサリン・クーパです」この返答も、まったく滑らかに自然に言葉が出た。

「そうですか……、では、ゾフィはどうしているのですか? 私は、ゾフィと話をしたかったのですが」

「ゾフィには、そのような機能がありません」クーパ博士は首をふった。「ゾフィは、私が育てた人工知能です。私の研究のアシストをしてくれました。非常に有能でしたので、信頼をしておりました。研究所の管理なども、すべて任せておりました。しかし、人間と会話をすることはできません。そのような機能を持っていないからです」

「ジーモンと話をしたのでは?」僕はきいた。

「いいえ。ジーモンに指示をするときは、私が彼に直接伝えました」

「でも、彼はゾフィと話したように言っていました」

「彼の認識では、そうでした。声だけですからね。でも、ゾフィの声ではなく、私の声です。ジーモンが誤解していることは承知しておりましたが、私は、特にそれを正しませんでした」

「では、検事局の人とも、ゾフィは話していないのですか?」

「もちろん、そうです。私と話をするためにいらっしゃったのですから。研究所の中であれ、あるいは外であれ、私は誰とでも話ができます。監視されていたかもしれませんが、通信は可能でした」

「私たちが研究所に行ったとき、ゾフィと話しましたが、あれは？」

「あのときも、私です。私がグアトさんと話をしました。ジーモンがゾフィの名を呼んだので、ゾフィと名乗りました。名前はどちらでも意味はありませんから」

「でも、研究所の中には、クーパ博士はいらっしゃらない。だから、大勢が探しているのです。研究所の外から、ゾフィを使って、話をしたということですか？」

「どこにいるのかは、大きな問題ではありません。そうではありませんか？」

「いるのですね？」僕はきいた。

「ここにおります」クーパ博士は答える。

「ミチルさんは？」ロジがきいた。彼女の初めての質問だった。

「ミチルは、ここにはいません」クーパ博士はロジを見る。「でも、もう二人とも自由になれました。ミチルには、私の血が流れています。命を授かったことの、奇跡的な状況を、ご理解いただけるかしら？」

「いいえ。申し訳ありません」ロジは首をふった。「私には、わかりません」

「子供を産むことが、どういうことなのか、それを人間は忘れてしまったようですね」

「私は、自分は人間だと思っていますが……」ロジが、そこで言葉に詰まった。

「そう思うことは、誰にでも簡単にできます。自分を人間だと思えば、人間になれますか？　それが人間の条件でしょうか？」

「それも、ええ……、わかりません」

6

クーパ博士なのか、それともゾフィなのか、彼女とは、また近いうちに会うことを約束して別れた。極寒の世界から帰還すると、オーロラが石積みのドームで待っていた。ずっと待っていたのではない。ただ、人工知能だから、タイムシェアリングしているだけのことだ。

「マガタ博士が、むこうの礼拝堂でお待ちになっています」オーロラは、片手を左へ軽くふった。「私も同席してよろしいでしょうか？」

「全然かまいません」僕は微笑んだ。こんなに早く会えるとは思っていなかった。

「私も、良いですか？」ロジが尋ねた。

「ロジさんも一緒だと既にお伝えしました」

隣の部屋に移る。少し大きな暗いドームだった。しかし、みるみる明るくなり、白いビーチが展開した。波が寄せる音を聞きながら、砂地を上っていくと、高い樹の下にハンモックが吊られていて、大きな白い帽子がのっているのが見えた。僕たちは、砂の急勾配《こうばい》に足を取られ、なかなか近づけなかった。海から風が吹いていることが、周囲の植物の揺れ方でわかったけれど、風自体は感じられない。

やっと近づくことができたとき、頭上を大きな鳥が横切った。一瞬影が動いたので、僕もロジも空を見上げた。次にハンモックへ視線を戻すと、すぐ横に丸いガラスのテーブルが置かれていて、オレンジ色の飲みものが入ったグラスがあった。

白い手が伸びて、帽子を少し持ち上げる。

反対側から白い脚がむこう側へ移動し、上半身が同時に持ち上がった。白いドレスの背中。大きな帽子の下から黒髪が伸びていた。

マガタ博士が、ハンモックを迂回《うかい》して、僕たちの前に現れる。

「お久しぶりです」軽く頭を下げ、僅かに口許を緩める。「呼び立てて申し訳ありませんでした」

僕たちは、頭を下げた。みんな黙っていた。ロジも緊張しているはずだ。

「たった今、キャサリン・クーパ博士と話をしてきたところです」僕は報告した。

「いかがでしたか?」マガタ博士がきいた。

「よくわかりませんでした。あれは、ゾフィという名の人工知能だと思います。クーパ博士とお嬢さんは行方不明で、それに関連した大事な証拠となるデータを、ゾフィは隠蔽しています。クーパ博士がこんなことを言ったとは思えませんけれど、マガタ博士に研究の邪魔をされた、と私に話しました。それを伝えてほしい、邪魔をしないでほしい、と言いたかったようです。私には事情がよくわかりません」

「クーパ博士の螺旋《らせん》モデルをご覧になりましたか？」マガタ博士は首を傾げた。「どう思いました？」

「美しい秩序を感じました。あれが、もし本当だとしたら、大発見ではないかと正直思いました。しかし、エビデンスはありません。実証されていないようです」

「実証はできません」マガタ博士は首を横に振った。「それは、クーパ博士にも、申し上げたことがあります」

「どうして、実証できないのですか？」僕は尋ねた。

「クーパ博士も、同じ質問をされました」マガタ博士は微笑む。「面白いわ」

マガタ博士は、ビーチから森へ向かって歩きだす。僕たち三人は、それに従った。高い樹の間に細い道があった。神話を連想させるような風景だ。

「理論に矛盾はない。非常に均整の取れたモデルです」マガタ博士は話す。「あれを思いつかれたのは、たしかに彼女の才能というもの。それは認められる。けれども、モデルは現実から乖離しています。それでは、サイエンスではなくアート」

「アート?」僕は言葉を繰り返した。「芸術、創作ということですか?」

「そうです。彼女の感性が導いた、彼女の願望の形なのでしょう」マガタ博士はそこで優しく微笑んだ。「それを否定することは、簡単です。なにか実際のものを観測しさえすれば、反証が得られます。しかし、反証一つでは理論を全否定することはできません。たまたま観測が間違っていた、と逆に反論されましょう。そうなると、大勢が時間を使って、実証を試みるしかありません。しかし、いくつ反証が現れても、完全に否定することはできない」

「しかし、反証が多ければ、結果的には否定されます」僕は言った。「時間はかかるかもしれないけれど……」

「もちろん、そのとおりです」彼女は頷いた。「ですが、そのために費やされるエネルギィは、社会の損失といわざるをえません。私は、これをクーパ博士に申し上げました。それを、反対されたと受け取られたのでしょう。私に失望されたかもしれません。反発もされたことでしょう。その感情の動きを、私はよく理解できます。けれど、それでも、この問題が実証できないのは、事実なのです」

「でも、少しくらい、誰かが試してみても良さそうに思います」僕は言った。

「はい、そのとおりです」マガタ博士は頷く。「どなたが、なさいますか?」

「ツェリン博士が生きていたら、実験をしたのではないでしょうか?」

「私がツェリン博士と親しかったら、やめるように助言したでしょう。自分の親しい人の時間が無駄になることを、私は残念に感じるからです。これは、感情的な問題であり、私の願望です。もし、貴方が実証してみせるとおっしゃるのなら、私は貴方を止めましょう。クーパ博士のモデルが、彼女の願望であるように、私が止めるのも願望がなせること」

「しかし……」

「根拠はありません。ただ……」マガタ博士は、そこでくすっと笑った。「これは、クーパ博士には、どうか内緒にしておいて下さいね」

「あ、はい……」突然の言葉に、僕は頷くしかなかった。

「今から百二十年まえから、百五年まえまで、およそ十五年間ですが、私は、そのモデルの実証をしようと試みました。何人を使ったかしら」マガタ博士は、視線を上に向ける。「十七人ね。ええ、途中で二人は、お亡くなりになりました。半数の方は、これは無駄だと早い段階で気づかれました。亡くなったのは、最も熱心に取り組んだ若い気鋭の研究者でした。死因は癌《がん》でしたが、研究のストレスがなかったとはいえません。もちろん、私も幾つか自分で試しました。どうやっても、そのモデルに近い結果は得られなかった。これらは、研究成果としては世に出ませんでした。なにしろ、根拠もなく、ただの願望から生まれた理想のモデルだったからです。純粋な発想しかなかった。私は、発想したときには、これは正しいはずだ、正しくなければならない、と感じましたが、結果的に間違いでした。発表するわけにはいきません。失敗した実証実験も、すべて無駄になりました。単なる発想を証明できなかった。結局は、科学ではなく、単なる冒険だったのです」

「何故、クーパ博士にそれをおっしゃらないのですか？」僕は尋ねた。

「完全な否定にはなっていないからです」マガタ博士は答えた。「希望に満ちた目で、冒険をしたいという人に、無駄なことだと言えますか？　私はその冒険に失敗しました、と話せば、ますます彼女はのめり込むことでしょう。彼女の立場になれば、私もけっして諦めません。これが人間の習性、科学者の習性というもの」

「でも……」なにか言いたいことがあったのだが、言葉が出てこなかった。

「研究者ならば、この虚しさが理解できると思います」マガタ博士は語った。「いえ、理解する必要もないかもしれない。私は、なにもすることができない、と思い、クーパ博士からは離れました。見守ることも避けました。私はただ、それは単なる理想であって、実証はできないと思います、と申し上げただけです。彼女がどう受け取るのかはわかっていましたが、どんなふうに言葉を選んでも、結果は同じなのです。人の心は、そんなに簡単にコントロールできるものではありません」

「つまり、クーパ博士の研究成果は、無だったのですね？」

「はい」彼女は、眉を少しだけ上げ、小さく頷いた。それ以上に言葉はなかった。

「クーパ博士は、それを受け入れなかったのですか？」僕はさらにきいた。

「わかりません。でも、もうそろそろ冷静になって、受け入れていただける頃かと予測しております。もし、彼女が生きているならですけれど」

「アイビス・チップも、無価値なのですか？」

「無価値とはいえません」マガタ博士は首を横にふった。「クーパ博士ほどの頭脳ならば、おそらく、違った方面へ、そのアイデアを展開されているはずです。あの美しさは本物なのです。お感じになったでしょう？　研究者ならば、誰もが身震いするはずです。私は、十五年もその美しさに取り憑《つ》かれました」

「マガタ博士は、それを展開されなかったのですか？」僕は質問した。

マガタ博士は立ち止まり、僕をじっと見据えて、また微笑んだ。

「面白いわ」白い歯を見せるほど、彼女は笑った。「どうして、こんなに面白い方がいらっしゃるのかしら」

「そんなに可笑しいですか？」僕は思わず言ってしまった。

「失礼」マガタ博士は口を押さえ、また前を向いて歩きだす。「まだ、楽しいことが沢山あるのね」

しばらく、黙って歩いた。

僕の問いに、マガタ博士は答えていない。風景は相変わらずだったが、道は真っ直ぐになっていて、前方に塔が見えてきた。その門へ道が続いている。

「この説明は、非常に難しいの。あえて簡単に言えば、その展開の結果が、今のこのヴァーチャル世界の生きものたちです。何故ならば、私はその理想を片時も忘れず、あらゆるコードのデザインに取り入れてきましたから。そう、まるで、若き日の恋の思い出みたい」

「生きものたち……。ああ、そうなんですか……」僕は驚いた。

「ただ、展開の方向は無限にあります。正解は一つではありません。私とクーパ博士は別々の解を得るでしょう。クーパ博士が、どんなふうにそれを活かされたか、とっくに現れているはず」

「え、どこにですか？」

「それは、私が考えたことであって、真実とはいえません。貴方も、まもなく考えつくはず。それも正解ではなく、貴方が考えたこと」

「もしかして、人類が子供を産めるという、新しい細胞のことでしょうか？」僕は尋ねた。

「近いけれど、それはきっと違います。そういったリアルの問題には活かせません。もっと、抽象的な、コードの美しさなのです。思いついたときに、貴方は納得するはず。正解とは、自身が納得できる仮説のことですから」

わからない。

何が正解なのか……。

僕には、それがイメージできなかった。

基礎情報工学が専門ではないからかもしれない。そういった言い訳を、自分に対して用意しようとしていた。

塔の門まで来た。

「この建物は何ですか?」僕はきいた。

「何でしょうね」マガタ博士は、また笑った。「ここはヴァーチャルです。もっと抽象的に見た方がよろしいのではないかしら。これは、建物です。見た感じ、塔でしょうか」

「はい、それは、そのとおりです」

「それが、本質というものです」マガタ博士は僕の顔をじっと見据えた。圧倒される一瞬の視線だった。その青い瞳《ひとみ》は、下を向いた。「では、ここでお別れしましょう。とても楽しかった。またお会いしましょうね」

「あ、はい……、もちろんです」僕はお辞儀をした。

ロジも無言でお辞儀をする。

マガタ博士は、オーロラにはついてくるように、と目で示したようだ。門が開き、二人はその中へ入っていく。

「あ、忘れていた」僕は声を発した。「博士、デミアンに会われましたか？」

マガタ博士は振り返り、微笑んだまま、頷いた。

門が閉まった。錆《さ》びた色の鉄の柵が、僕たちの前を遮った。

「すいません、もう一つ」僕は叫んだ。彼女が振り返る。「ロイディは、元気ですか？」

マガタ博士は、さらに微笑んで頷き、片手を少し持ち上げた。

僕とロジは、そこにしばらく立っていた。

二人の姿が見えなくなって、僕は大きく深呼吸をした。

ロジを見ると、僕を見て、にっこりと微笑む。

「どうでしたか？」彼女は囁いた。

「生きた心地がしなかった」僕は答える。「君は、どうだった？」

「全然わかりませんでした、何の話をされていたのですか？」

「うん、つまりね……、話をしたんだ」

「何の話を？」

「それは、本質ではない」

7

ロジに断片的に届く情報から、警察によるクーパ研究所の捜索は打ち切られたことがわかった。結局、行方不明者は見つかっていない。手掛かりらしきものも出てこなかったといえる。一般のニュースには、事件発生だけが伝えられ、それ以後についての報道はなかった。この実行には入念な計画が必要だっただろう。完璧な処理が実施されたことは、ほぼまちがいない。行方不明者たちが、この世にもう存在しないことを実証するのは、無理かもしれない。

研究所のコンピュータ、ゾフィは、まだ稼働しているが、所有者の許可が得られないため、内部記憶の解析は行われていない。たとえ行っても、おそらく暗号化されて再現は不可能だろうというのが、専門家の意見だった。

クーパ博士のロボットは、警察の調査のあと、製造されたメーカに引き取られたという。こちらには、一部のデータが残っていた。警察との騒動は、トランスファの乗っ取りによるものとほぼ断定された。ロボット自体にも、製造メーカにも責任は問えない、という結果である。

ジーモンは、研究所を出て、別の就職先を見つけたらしい。研究所は無人となったが、エネルギィは供給されている。クーパ博士の資産から、継続してこれらの料金が支出されている、とのことだった。主な消費者はゾフィである。クーパ博士が現れるか、あるいは、資産が尽きるまで、この状況は続くものと思われる。

事件について一般に報道されていないのは、続報を伝えるには内容が少なすぎたせいだろう。ネットには、数々のフェイクが流れていた。僕も幾つかを見る機会があったけれど、どれもまったく根拠のない空想だった。少なくとも、人々の空想を掻き立てるのに充分な不可解さは、しばらく消えなかったようだ。

その理由は、なによりも、クーパ博士が子供を産んだというインパクトのある初期の報道にあったと見ることができる。人間が子供を産むことは、今やそれだけでニュース性がある。十人が消えたことには、さほど関心がない人が多いなか、不思議な傾向といっても良いだろう。

レストランでの一件があったせいで、一週間ほど外出を控えていたが、ドイツと日本の情報局のどちらからも、電子界での平穏さが伝えられたので、僕とロジは、久しぶりに買いものに出かけた。食料品を購入し、着るものも買った。日用品では、カーペットを買って、後日届けてもらうことにした。

ロジが運転するクルマで戻る途中、今まで気づかなかった店を見つけた。建物はまえから知っていたが、そこの入口が開いていることはなかった。廃屋《はいおく》だと思っていたのだ。そこが、少し綺麗に改装されて、小さな看板を出していた。元からの商売なのか、新しくオープンしたのかはわからない。

クルマを前に駐めて、眺めてみても、雑貨屋なのか、アンティークショップなのか、それとも家具屋なのか、よくわからなかった。それらどれをも扱っているように見えた。

「面白そうだから、覗いていこう」僕は提案した。

二人で店の中に入った。入口のドア二枚は開けた状態で固定されていた。客はなく、店には誰もいない。しかし、古そうな音楽が流れていた。

店に置かれている品々を見て回った。歩けるところをぐるりと巡ってきたものの、これといって欲しいものはなかった。ロジのところへ行くと、彼女は滑らかな形状の人形を手に持っていた。

「何ですか、これ」彼女は僕にきいた。

「私は店員ではない」僕は笑った。「でも、それは知っている。いや、名称は知らないけれど、容器なんだ。それを開けると、同じ人形が入っている」

ロジは、人形の上半身を引き上げる。僕が言ったとおり、中に少しだけ小さい人形が入っていた。

「変なの。どうして知っているの？　有名なものですか？」ロジは僕を見た。

「さあ、どうかな」

店の奥から、老婆が現れた。明らかに人間だ。顔は皺《しわ》が多く、人形と正反対で表面積を稼いでいた。頭の上で髪を丸めているが、その目的は想像できない。

「それはね、天然の木で作ってありますよ」老婆が言った。

「へえ、そうなんだ」僕は驚いた。「綺麗に作ってあるね。工作の参考になるかな」

そうは言ったものの、それほど関心はなかった。形状からして、機械で作られていることは明らかだ。

「いくらですか？」ロジが老婆にきいた。

「二十五ワール」老婆が答える。

高くはないが、安くもないといったところか。ロジは僕の顔を見た。僕は無言で頷く。

「もう少し安くなりませんか？　二十ワールなら買います」ロジが言った。

「二十三」老婆が言った。

「じゃあ、それで、買います」ロジは微笑んだ。

「ちゃんとした品物ですよ」老婆は、奥のテーブルへそれを持っていき、フィルムで包み始めた。

「中の人形の中にも、また人形があって、それがつぎつぎ繰り返されるんだよ」僕は言った。「いや、たぶんそうだと思う」

「そのとおりですよ」老婆は言った。「開けて見せましょうか？」

「いえ、もう買うと決めたので」ロジが断った。

支払いを済ませて、クルマに戻った。

「いくつくらい、人形が入っていると思う?」僕は助手席に着いてから、ロジにきいた。

「そうですね、六つくらい?」

「もっと多いと思う」

「でも、小さくなりますよね」

「そうだよ」

「限界があります」

「無限ではないよね」

クルマは走り始めた。僕は前を見た。先日、ヴァーチャルでロジが運転するクルマに乗ったけれど、その後はリアルで同じ体験をしている。ロジのクルマは、どちらの世界にも存在しているのだ。

そもそも、ヴァーチャルはリアルを模倣して誕生したものである。それは、存在を捉えるのが人間だったからだ。人間は、古来リアルで育っていたから、その過去の体験に沿って、未来のヴァーチャルを設計した。

処理速度やセンサ技術が発展し、ヴァーチャルはリアルに迫り、ついに追いついた。もしかしたら、追い抜かれているのかもしれないが、人間が判断している以上、リアルよりもさきへ進むことは評価されない。人間に感じられる限界だからだ。到達点は、あくまでもリアルなのだ。

ところが、いつの間にかリアルが縮小し、ヴァーチャルがメインになりつつある。たとえば、生まれながらにしてヴァーチャルで育ち、リアルを知らない世代だっているだろう。キャサリン・クーパ博士は、ある意味でそんな人格だったはず。彼女は、小さな無菌ドームから外に出ることができなかったのだ。あまりにも小さなリアルで生活し、彼女にとっては、ヴァーチャルこそが人生だったのにちがいない。

リアルは、物体の存在を基本としている。それは、どこまでも詳細に分析できる対象だった。分子から原子、そして素粒子《そりゅうし》へと物理学者は空間を飛んだ。生命学者も、細胞から蛋白質、そして遺伝子へと旅を続けた。それらは、ヴァーチャルにおいても一つの指針であり続け、長く目標となった。

だが、電子の世界にあるのは、あくまでも信号であり、最小単位はビットだ。電子であろうが素粒子であろうが、その単位は変わらない。単位より小さいものは、無なのである。

存在のディテールを追い求めたヴァーチャルの旅には、初めから目標があった。それは、たちまち到達してしまう目的地だったのだ。

その地点に、我々は既に立っている。また、人工知能は、そもそもその地点で生まれた生命ともいえる。

するとどうなるのか?

あの相似形を重ねた人形のように、これまでは、殻を開けて中身を覗く方向へ進んできた。もし、同じように進むとするなら、同じ相似形を求め続けるのなら、いずれ到達してしまう。その後は、外側の容器を作り、今までのものすべてを取り込んでいく方向しか残されていない。それができたら、さらに大きな容器を作る。この繰り返ししか、進む方向はない。

つまり、電子の生命が生きる道は、拡大の方向にしか存在しないということだ。

そのことに、誰よりも早く気づいたのが、マガタ・シキ博士だった。

すべての存在の外側に、新しい存在を作るしかない。博士の共通思考とは、つまりは、存在というものの原点への指向の転換を図ったものだ。

僕は、これまで、生命というものの曖昧さに目を奪われていた。人間とウォーカロンの違い、そして人工知能との関係に気を取られていた。この世で最も大事なもの、価値のあるものは、生命だと思い込んでいた。

なんとなく、そう信じていた。それは、僕が生きているからだ。

たまたま生きているからにすぎない。

そうではなかった。

生命ではなく、存在なのだ。

存在こそが、最も重要な、この世界を形成するユニットであり、基本だ。

リアルとヴァーチャルの両立は、あらゆる存在を脅かす。物体とは、単にリアルの存在の総称でしかない。存在は既に、原子からなる物体よりも、その焦点を引く視線でしか捉えることができないものになっているのだ。

クーパ博士の事件は、その意味で、非常に象徴的といえるだろう。

事件の解決は、クーパ博士と彼女の娘の存在、それに、検事局の八人の存在を明かすことだ、とほとんどの知能が認識しているはずだ。

だが、そもそも、存在など曖昧で不確定である、という素粒子レベルの価値観が、僕たち生命体のレイヤにまで及んでいるとすれば、この事件は発生する以前から既に提示され、ずっと以前、それこそ太古の時代から解決していたともいえる。

十人は、そもそも存在したのか、その認識が、事件の真相であり、解決なのである。

僕は、ようやく本質に辿り着き、真の疑問、真の課題に身震いを覚えた。

そうか、そういう問題だったのだ、と……。

「着きましたよ」ロジが言った。

僕のすぐ横に彼女の顔があった。運転席にいたはずのロジは、クルマの外、助手席側の車外に立っていた。エンジンは止まっている。場所は自宅の横だった。

「ああ、ちょっと、考えごとをしていた」僕は彼女に言った。

「そうでしょうね、きっと」ロジは猫のように微笑んだ。

ここは、不思議の国かもしれないな、と僕は発想した。しかし、とりあえず、クルマから降りる方法を考えよう。僕という存在らしきものは、未《いま》だクルマの内側にあるように観察されたからだ。

8

ぼんやりとしたまま、僕は家の中に入った。ロジはクルマの屋根を出して、軽く整備をすると話していた。

リビングのソファに座っても、まだ力が入らない状態で、きっと頭が余分にエネルギィを消費したせいだろう、と思った。こういうときは、寝るのが一番だが、不思議なことに眠くはない。むしろ興奮しているような気がする。

ロジが、隣のキッチンへ入ってきた。荷物を抱《かか》えている。

「そうか、買いものにいったんだっけ」僕は彼女に言った。「手伝わなくて、申し訳ない」

テーブルに荷物をのせてから、ロジはこちらを向き、腰に両手を当てた。

「そうです、買いものにいったんですよ」余所《よそ》行《い》きの声で言った。芝居がかっているときは、僕を笑わせようとしているのだが、残念ながら、笑う気にはなれなかった。

「なにか、飲まれます?」彼女はきいた。

「いや、いらない」僕は答える。

買ったものを貯蔵庫や棚に入れたあと、ロジは、例の人形を持って、リビングへ来た。僕の横に座り、人形を僕の前に置く。

僕は黙って、それをじっと見ていた。説明が難しいな、と思いつつ。

ロジは、人形に手を伸ばし、蓋《ふた》を開けるようにして中身を取り出した。大きい方はまた蓋を閉める。今度は小さい方を開けて、中身を取り出す。彼女は僕の顔を覗き込んだ。僕は黙っている。ロジは再び人形を開ける。その作業を黙々と繰り返し、テーブルには、大きさの順番で同じ形の人形が並んでいった。

ずいぶん小さくなったが、開けてみると、もっと小さい人形が入っている。ロジは、僕を見て、大きく目を見開いた。驚いた、という意思表示のようである。

ぼんやりと眺めていたが、既に十個以上が並んでいた。

「あ、これがラストの子ですね」ロジが指先に持っている小さな人形を見せた。

彼女は、それをテーブルに置いたあと、人形の列を指差して、数え始めた。

「二十四個です」結果を報告する。「凄いですね。よく作りましたよね、こんなの」

「ヴァーチャルだったら、無限にできるね」僕は言った。「中から出てくる人形を同じ大きさにすることも可能だし、逆に、中にあるものほど、少しずつ大きくしていくことだって可能だね。どんどん大きな人形が飛び出してくれれば、無限に続くことになる。でも、そのうち天井につかえるか、部屋に入らなくなるかな」

「出したあとに、少し膨らむのですか？」ロジがきいた。

「そう、宇宙は膨張しているからね」

ロジは、首を傾げたが、数秒あとに肩を竦めた。

僕は脚を組み、ソファにもたれて、溜息をつく。

「そろそろ説明してもらえないでしょうか？」ロジが顔を近づけて言った。

「え、何を？」僕は、驚く。

「何をって……」ロジは顎を上げる。「帰ってくるとき、なにか気づかれましたよね。わかりやすい人ですから」

「このまえと言っていることが違うね」

「マガタ博士が、そのうちグアトも展開するでしょう、みたいなことをおっしゃっていましたけれど、それですよね？」

「そうね……、まだ、言葉にできるかどうか、自信がないし、それに、これは私の考えた結果であって、真実ではない。マガタ博士は、また別の結論を出したかもしれない。それぞれが、それぞれに納得して、自分の正解を手に入れる、というだけなんだ。展開というのは、開き方が自由なんだ」

「私は、グアトの正解が知りたい」ロジがさらに顔を近づけてきた。

「えっとね……、何から、話したら良いかな」

「クーパ博士は、子供をどうやって産んだのですか?」ロジが質問した。「やっぱり、一番知りたいのは、それです」

「遺伝子に関する理論を、クーパ博士は完成させていた。しかし、それは実証できない机上の空論だった。マガタ博士が百年以上もまえに、同じ発想を持ったけれど、現実には観測されなかった。ただ、その理論から展開したものが、共通思考のプログラムに応用されて、電子界における生きものが創造されたんだ。つまりそれが、マガタ博士の展開だった」

「その展開という言葉が、よくわかりません。応用のことですか?」

「まあ、だいたいそうだね。うーん、展開図というものがある。三次元立体の表面を、開いて二次元にしたものだ。二次元の展開図にすることで、その形を紙に描き、鋏《はさみ》で切って折り曲げていけば、立体の箱を作ることができる。つまり、展開というのは、自分にできること、自分の現実に存在するものとして、具体化することだね」

「具体化ですか……」ロジが視線を彷徨わせた。「難しいですね」

「展開する人それぞれに、その人の現実がある。その人のリアルの世界があって、自分の周囲の環境条件に合わせて、理想の形を具体化するんだ」僕は説明した。「クーパ博士も、それに近い形で展開した。それが、のちにアイビス・チップに凝縮された彼女の開発品だった。おそらく、それは、電子世界の生命体が、子孫を残す方法論だったのではないか、と僕は考えた。すなわち、電子世界の生命体が子供を産む方法だ。新しい生命を誕生させるルールのようなものといっても良いだろう」

「ちょっと待って下さい」ロジが、僕の顔のすぐ前で片手を広げた。「電子界の生命っていうと、人工知能とかトランスファですよね。彼らは、いつでも自分を増やせます。スペースさえあれば、いくらでも自身をコピィできます。増殖にルールなんかいらないのではありませんか?」

「それは、人間だって同じだ。クローン人間はいくらでも作ることができる。現に、ウォーカロンは増え続けている」僕は、説明を続けた。「だけど、それは子孫を残すこととは意味が違う。少なくとも、人間はそうは認識していない。コピィというのは、子孫ではない。なんらかの形で、受け継がれるものがあって、初めて、自分の子供だといえる。さて、それが何かといえば、もちろん遺伝子だ」

「遺伝子を……、ああ、そうか、電子化したということですか?」

「クーパ博士は、遺伝子の法則における理想的な形態のメカニズムを発想した。それは、実際に存在する地球上の生きものには当てはまらなかった。すなわち、虚構の法則だったんだ。しかし、電子界は、その理想を受け入れることができるだろう。一つの方法は、マガタ博士のように、外側に発展する、内側の存在すべてを取り込んでしまうような形態であり、そこに、その理論が活かせる。また、もう一つの方法は、クーパ博士のように、今既に存在する個々のものの内側に、新しい形態を作っていくときに、自身の遺伝子的な部分を受け継がせる、その大原則として用いるか。まったく違う方向でも、どちらもアイデアを展開したことでは同じ指向なんだ」

「うーん、イメージできません。どちらも、言葉としてわかっても、具体的にどんなものなのか……」

「そうだね、つまり、わかりにくいのは、具体的ではないからなんだ。もっと抽象的な、概念的な存在でしかない。そもそも、ヴァーチャルには、具体性が不要なんだ。具体性とは、つまりはリアルの模倣であり、どれくらい実物に迫っているか、という価値観だった。それだけのもの、いわば、幻想だったといえる。電子界から見れば、現実は幻想なんだ」

「それで、その……、えっと、結局、クーパ博士は、子供を産んだのですか？」

「産んだよ。電子界でね。それを実現するために、まず、ご自身が電子界にシフトしなければならなかった。おそらく、自身の肉体を消し去って、すべてをゾフィの中に移した。肉体は、焼却され、蒸発したか、細切れになって排出された。それは、クーパ博士にとっては、髪を切ったのと同じで、たぶん、さっぱりした、と感じられたんじゃないかな」

「うーん」ロジは唸った。顔を僅かに歪めた。それから、口を開けたときに、舌打ちしたが、言葉は出なかった。

「気持ちが悪くなった？　もうやめておこうか？」僕はきいた。

「いいえ、続けて下さい」ロジは答える。「頑張ります」

「結局、この世界から見たものだけを語れば、クーパ博士は自殺された。もしかしたら、なにかの病気だったのかもしれない。ご自身で、治療を諦めたというようなことがあったのかもしれない。結果は同じだ。彼女は、ゾフィの中で生きることを選択した。人工知能と同化したといっても良いだろう。いや、むしろクーパ博士の方が圧倒的に強く、支配的だったはずだ。もともとのゾフィは、隅へ追いやられ、文字どおりのアシスタント、あるいは自律神経のような役目になった。ゾフィの方が、クーパ博士に吸収されたといっても良い。そして、博士は、ご自身の法則に則《のっと》って、すなわちアイビス・チップのプログラムを実行させて、ミチルを誕生させた。これが、クーパ博士が子供を産んだ、ということのすべてだ」

「それはつまり、えっと、結局は、現実には産まなかったということですよね？」

「そうかな。それは、何を存在と見るか、で異なる。クーパ博士の世界には、ミチルは存在した。それは、博士が存在しているのと同じくらい確かなものだっただろう。でも、こちらの世界から観察すれば、なにもない。なにも存在しないのと等しい。クーパ博士もお嬢さんのミチルも、いずれもホログラムでしか見ることができない。光か影でしかない。光も影も物体ではない。存在していない。存在しないものでも、私たちは見ることができ、感じることができ、知ることができる。それは、信号なんだ。情報というものも、同じ。電子的には、たしかに存在しているといえる」

「触れませんよね」ロジは言った。「私は、嫌ですね、そういうのは。私が、古い人間だということですか？」

「どうかな。私も古い人間だ。というよりも、人間という存在は、もう古くなっているといっても良いかもしれないね」

「新しい世界は、やっぱり、電子界の方で、未来もそちらにあるということですね」

「ただ、問題はあった。当初は、クーパ博士もお嬢さんも、ゾフィの中にいたわけで、外部と通信できないから、広い電子界へ出ていくことができない状態だった。これは、クーパ博士を監視している情報局が、許容しなかった条件だった。もしかして、情報局は、クーパ博士の意図を察知していたのかもしれない。それに、起訴されて裁判にもなってしまった。これはたぶん、博士の研究が誤解されたのが原因だったと思う。電子界とのやりとりで、いかにも博士が亡命を希望しているように受け取られたから、と私は想像した」

「クーパ博士は、検事局の人たちを抹殺したのですか？　その理由は？」

「わからない。ゾフィは、復讐したのだと私は思った。でも、クーパ博士は恨んでいない、と言った。もっと、その場で突発的に起こったことだった可能性もある。クーパ博士がホログラムでしかないと見破られて、エネルギィ供給を止めると脅されたのかもしれない。クーパ博士は自身にそっくりのロボットを発注していて、ゾフィのメモリィからロボットへ乗り換え、外に出るつもりだったけど、そのまえに、検事局との攻防になってしまった。しかたなく、八人を排除した。同時に、その機会に便乗すれば、自分と娘が消えても、目立つことがないだろう、と判断をしたのだと考えられる」

「遅れて届いたロボットは、どうしてあんな行動を取ったのですか？」

「あれは、単に、クーパ博士とお嬢さんが外へ出る方策だっただけだよ。ロボットに移動し、外に出て、すぐにまた別のところへ移った。抜け殻となったロボットが、私たちのところへ来て、メッセージだけを伝える、というプログラムだったんだ。単純に自己防衛をしただけだと思うし、本来の目的を察知されないためには、なにか具体的な見せかけの行動をする必要があっただろう。もう、あのときには、ロボットの本来の役目は終わっていたんだよ」

「では、そのあと、ゾフィが外部と通信できるようになったというのは……」

「そう、なにも変化はなかった。おそらく、情報局は手遅れだったと気づいて、抜け殻となったゾフィを解放したのかもしれない。もう、影響はない、つまり安全だと判断した」

「では……、もう私たちも、安全だと考えて良いのですね？」

「それは、自信はない」僕は首をふった。

「そこが肝心のところではありませんか」

「まあ、そうかもしれない」

「そうかもしれないって……」ロジは口を尖らせる。

「その判断は、難しい。でも、そうだね……、ひとまずは、均衡が訪れるだろうとは思う。クーパ博士は、電子界へ、アイビス・チップを持って出ていかれた。今回の事件は、すべては彼女の脱出劇、閉鎖された電子空間から、外部の広大な電子世界への脱出劇だった。充分な時間が経過すれば、電子界では、ちょっとした変化があるだろう。子孫を残そうとする人工知能やトランスファが、チップのプログラムを取り入れ、新たな歴史の構築を試みるかもしれない。こちらから見れば、それは、影が二重になる程度の意味しかない。ほとんど同じことだ。でも、電子界では、さらに自分たちが生命だという意識が強くなるはずだ。生命としての自信、アイデンティティが生まれるだろう。クーパ博士は、カリスマとして迎えられ、神として崇《あが》められるかもね。それは、まるでマリア様みたいな存在だといえる。そうなると、ミチルは電子界のイエス・キリストになる」

「警官隊を排除したことなんて、影を踏んだくらいの認識なのでしょうね」ロジは眉を顰めた。「両方の世界が、もっと共通のルールを作って、密接なコミュニケーションを取らないと、いつか大きな争いになるような気がします」

「そうかな……。次元がだいぶ違うからね。共通しているのは、エネルギィだ。そこは、たしかに紛争にならないように、ルールなり、約束なりをした方が良いかもしれない。でも、エネルギィが充分にあれば、どちらも自由に、好き勝手にすれば良いのでは？」

「言葉が通じるのですから、話し合いの場は持った方が良いと思います」

「でもね、言葉だって、ずいぶん変わってくると思うよ。私たちの世界では、具体的な物体を示す言葉が非常に多いけれど、むこうの世界では、もっと抽象的な概念を細分化する言語が話されているはずだ。共通しているのは、物理現象よりも、数字に関するものだけといっても良いかな。翻訳できる部分は僅かかもしれない。こちらの世界で働いている人工知能が、通訳をしてくれるうちは大丈夫だけれど。どんどん差が広がっていくような気がする」

ロジは溜息をついてから、ソファの背もたれに頭をのせて、天井を見上げた。

「これくらいで、良いかな？」僕はきいた。

「ありがとうございます」

「どう？　納得できた」

「いいえ、全然……。疲れました」

「うん、それが、君の世界だ」

「グアトは、納得できたのですか？」

「うん……、まあ、納得なんてものは、所詮《しょせん》この程度のものだと思う」

エピローグ

ヴォッシュが、近くの大学へ講演にくる、という連絡を受けたので、僕とロジは出かけていくことにした。ロジのクルマで、一時間ほどの距離にある地方都市だった。

「このクルマ、最初はヴァーチャルだったね」僕は助手席で言った。エンジン音が大きいので、いつもより大声になる。「どちらが好み?」

「性能的には、ヴァーチャルの方がずっと優れていて、私の思いどおりの走りをしてくれました」ロジは両手でステアリングを握っている。「とにかく、最高のメカでした。設定の再現性も高いし、メンテナンスも完璧にできました」

「そうか、やっぱり、ヴァーチャルの方が理想的なんだ」

「いいえ」彼女は、前を向いたまま答える。「こちらのクルマは、なかなか調子が出ないし、古い部品は交換しないといけないし、掃除も大変、オイルも遠くから取り寄せる必要があって、もの凄く面倒です。でも、私はこちらの方が好きです」

「へえ、そうなんだ」

「人間だってそうですよ。ヴァーチャルで知り合った人と、一緒に暮らしたいなんて思いません」

「あそう……」とりあえず、頷いておいた。

ロジがちらりと横を向いて、僕の顔を見たようだ。

僕は、どうだろう？

ヴァーチャルの方が、自由度が高いし、安全だし、自由に好きなことができるし、思いっきり考えるのにも適している。環境としてみれば、完全に良好だ、と考えている。もちろん、一長一短ある。どちらかを選べと問われれば、ボディが存在する以上、リアルを取らざるをえないけれど、そうでなかったら、どちらでも良いかな、と思える。

かつては、もっと厭世《えんせい》的な価値観を持っていたように自覚していたけれど、ロジが近くにいるようになって、少なからずリアル側へ重心が移動したかもしれない。

不思議なものだな、と思う一方で、長い人生で経験のない領域へ自分が足を踏み入れているように思えて、正直なところ落ち着かない。こういうときは、どうしたら良いのか、と過去を振り返っても、適切なデータがない。そういう毎日といえる。

なにか、勘違いしているのかもしれないけれど、僕にしてみれば、これはヴァーチャルに近い世界だともいえるのだ。なんとなく、ときどき、そう感じることが多い。

ロジは、大学の講堂の駐車場へクルマを入れた。あらかじめ、大学にはパスを申請してある。講堂の周辺には、警官が三人立っていた。ヴォッシュは有名人だから、当然かもしれない。

受付で、ロジが信号を送った。

「たった今、講演は終了したところです。申し訳ありません」係員が頭を下げた。

「いえ、それは承知しています。ヴォッシュ博士に、ご挨拶がしたいだけです」僕が説明をした。

「では、そちらで、ちょっとお待ち下さい」係員は手を伸ばす。ロビィのことのようだった。

壁際にベンチがあったので、僕たちはそこに腰掛けた。会場から聴衆が出てきた。ロビィはたちまち人でいっぱいになる。しかし、建物の外へ出ていく人がほとんどで、ロビィに留まっているのは、連れを待っている人だけのようだった。

「こういうところで、講演をしたことがあるよ」僕は呟いた。「もうしなくて良いと思うと、ほっとする」

「嫌いなのですか?」ロジが尋ねた。

「嫌いだね。好きなはずがない。頼まれて、断れないから、いやいややっていた。たぶん、ヴォッシュ博士もそうだと思う。好きな人なんていないよ」

「そうなんですか、意外です」ロジが言った。

会場ではなく、横の通路から、ヴォッシュが現れた。背の高い女性が一緒だった。彼の助手、ペィシェンスである。

「わざわざ本当に来てくれたのか」ヴォッシュは手を伸ばし、僕と握手し、背中に手を回した。続いて、ロジに近づき、同じように手を握った。「しかし、残念だな、食事を一緒にしたいところだが、今日のうちに、別の街へ移動しないといけないんだ」

「お忙しいですね。全然かまいません。本当に、お目にかかれただけで充分です」僕は言った。

続けて、ペィシェンスと握手をした。彼女はにこやかに頭を下げた。

「パティは、ちょっと若返っただろう?」ヴォッシュが言った。

「そういえば……、バージョンアップでしたか?」僕は彼女を見た。見た目は以前と変わらないようだった。

「躰が軽くなりました」ペィシェンスは答える。「おかげで、エネルギィ消費も四十パーセント少なくなりました」

「そうそう、クルマに夢中だそうだね?」ヴォッシュは、ロジにきいた。

「あ、はい」ロジが頷く。「エンジンで駆動するクラシックカーですけれど」

「見せてもらおう」ヴォッシュは、すぐに言った。「近くに?」

「ええ、すぐ横の駐車場に」

講堂から外に出た。午後六時だったが、まだ明るい。建物の横の駐車場へ四人で歩いていく。警官がこちらを見ていた。ヴォッシュ本人だと気づいただろうか。

「おお、これか」ヴォッシュは、ロジのクルマを見て声を上げた。「懐《なつ》かしいなあ。若い頃には、まだこういうのが走っていたんだ。ちょっと、乗せてもらえないかな」

「ええ、どうぞ」ロジは言った。

「そうそう。スポーツカーっていうんだ。そう呼ばれていた」ヴォッシュは笑った。「私は助手席でけっこう。エンジンをかけてくれないか」

ドアを開けて、ヴォッシュを助手席に乗せると、ロジは運転席へ回った。

「博士は、こういうのが好みなの?」僕は、ペイシェンスに尋ねた。

「古いメカが、お好みのようです。私も、そうです」

「え?」三秒ほど、意味がわからなかったが、ウォーカロンとして旧式だという意味で言ったのだろう。謙遜《けんそん》なのか、それとも正直なのか、よくわからないが、気の利いた発言ではある。

エンジンが始動した。回転とともに吹き上がる。ヴォッシュは、窓から顔を出し、満足げに笑った。片目を瞑り、親指を立て、首を揺った。

「ちょっと、そこまで走ってくるよ」ヴォッシュが言った。

クルマはスタートし、駐車場から出ていった。止める暇もなかった。こちらを見ていた警官が、ロジのクルマを追いかけて、数十メートルだけ走ったが、途中で諦めたようだ。

「大丈夫でしょうか?」ペィシェンスが呟いた。心配そうな顔をしている。

「すぐ戻ってくると思うよ」僕は言った。

「私もついていくべきでした」彼女はまだ、遠くを見ている。

「でも、乗れないよ、あれは二人乗りだから」

「そういうときは、トランクルームに乗るんです」

「え? いや、それは、ちょっと狭いと思うな」

「いえ、膝を抱えて、小さくなって乗っていたことがあります」

「へえ……、それは、ちょっと、なんというか、珍しい体験だね」僕は微笑んだ。また、新しいジョークだとしたら、大したバージョンアップだ。

「ミチルとロイディが乗っていました」彼女は、遠くを見ていたが、僕の方へ視線を向けた。「変ですね、いつのことでしょうか?」

＊

ロジとの五分ほどのドライブから戻ってきたあと、ヴォッシュと少しだけ話ができた。講堂の近くの公園に噴水があって、そこのベンチに二人で座った。少し離れたところで、ロジとペィシェンスが座った。警官三人も、それぞれ別の位置で、三十メートルほどの距離で取り囲んでいた。

キャサリン・クーパ博士の事件について、僕なりの仮説を彼に話した。

「なかなか筋が通っているね」彼は顎鬚を撫《な》でた。「高い確率で、現実に起こったことと一致しているだろう。ただ、疑問点は一つある」

「コンピュータの中に、人格が完全に移せるのか」僕は、答えた。

「そうだ。試みられてはいるし、一部では成功している。ただ、キャサリンほどの頭脳が、それを自分で試したとすると、余程のことだと思われる。彼女は、まだ成長することができた。その成長が、電子化された移植後にも、同じように行われる保証はない。否、むしろ、そうはならない可能性の方が高いと予測したはずだ。現在のテクノロジィは、まだそこまで到達していない。キャサリンは、当然それを知っていて、覚悟していたことになる」

「私も、そう思います。自身がサブセットになるというのは、ほとんど自殺するのと同じ感覚でしょうね」

「そのとおり。もちろん、ボディは廃棄されるわけだから、自殺であることは確かだ。そうか、残念なことだ。キャサリンとは、もっと議論がしたかった」

「ヴァーチャルならば、可能ですが、駄目でしょうか?」

「駄目だね」ヴォッシュは、寂しそうな表情で首をふった。「未来の議論、突飛な発想、新しいアイデア、それに、つまらないジョーク、そういったものが、たぶん、もう出てこないだろう。せめて、私くらいの年齢になるまでは待ってほしかった。彼女はまだ若かったのだ。百年後には、マガタ博士のレベルになっていたかもしれない。人類にとって大きな損失だ」

「失われたものは、ありますね」僕は同調した。

「さて、もう行かなければ」ヴォッシュは立ち上がった。

ペィシェンスが、ほぼ同時に立ち上がり、こちらへ近づいてきた。ヴォッシュは、ペィシェンスと手をつないで建物の方へ歩いていった。高齢ではあるけれど、躰に不自由があるとは聞いていない。そういう必要があってのことではなさそうだった。少し遅れて、警官たちも立ち去った。

空は、紫色に変わろうとしていた。

近くで照明が点灯した。僕たちも、駐車場の方へ歩きだす。

ロジが僕の顔を見たので、僕は片手を出した。ときには、先輩に見習うのも、悪くはないだろう。

森博嗣著作リスト

（二〇二〇年二月現在、講談社刊）

◎S&Mシリーズ

すべてがFになる／冷たい密室と博士たち／笑わない数学者／詩的私的ジャック／封印再度／幻惑の死と使途／夏のレプリカ／今はもうない／数奇にして模型／有限と微小のパン

◎Vシリーズ

黒猫の三角／人形式モナリザ／月は幽咽のデバイス／夢・出逢い・魔性／魔剣天翔／恋恋蓮歩の演習／六人の超音波科学者／捩れ屋敷の利鈍／朽ちる散る落ちる／赤緑黒白

◎四季シリーズ

四季　春／四季　夏／四季　秋／四季　冬

◎Gシリーズ

φ《ファイ》は壊れたね／θ《シータ》は遊んでくれたよ／τ《タウ》になるまで待って／ε《イプシロン》に誓って／λ《ラムダ》に歯がない

／η《イータ》なのに夢のよう／目薬α《アルファ》で殺菌します／ジグβ《ベータ》は神ですか／キウイγ《ガンマ》は時計仕掛け／χ《カイ》の悲劇／ψ《プサイ》の悲劇

◎Xシリーズ

イナイ×イナイ／キラレ×キラレ／タカイ×タカイ／ムカシ×ムカシ／サイタ×サイタ／ダマシ×ダマシ

◎百年シリーズ

女王の百年密室／迷宮百年の睡魔／赤目姫の潮解

◎Wシリーズ

彼女は一人で歩くのか？／魔法の色を知っているか？／風は青海を渡るのか？／デボラ、眠っているのか？／私たちは生きているのか？／青白く輝く月を見たか？／ペガサスの解は虚栄か？／血か、死か、無か？／天空の矢はどこへ？／人間のように泣いたのか？

◎WWシリーズ
それでもデミアンは一人なのか？／神はいつ問われるのか？／キャサリンはどのように子供を産んだのか？（本書）／幽霊を創出したのは誰か？（二〇二〇年六月刊行予定）

◎短編集
まどろみ消去／地球儀のスライス／今夜はパラシュート博物館へ／虚空の逆マトリクス／レタス・フライ／僕は秋子に借りがある　森博嗣自選短編集／どちらかが魔女　森博嗣シリーズ短編集

◎シリーズ外の小説
そして二人だけになった／探偵伯爵と僕／奥様はネットワーカ／カクレカラクリ／ゾラ・一撃・さようなら／銀河不動産の超越／喜嶋先生の静かな世界／トーマの心臓／実験的経験

◎クリームシリーズ（エッセィ）
つぶやきのクリーム／つぼやきのテリーヌ／つぼねのカトリーヌ／ツンドラモンスーン／つぼみ茸ムース／つぶさにミルフィーユ／月夜のサラサーテ／つんつんブラザーズ

◎その他

森博嗣のミステリィ工作室／１００人の森博嗣／アイソパラメトリック／悪戯王子と猫の物語（ささきすばる氏との共著）／悠悠おもちゃライフ／人間は考えるＦになる（土屋賢二氏との共著）／君の夢　僕の思考／議論の余地しかない／的を射る言葉／森博嗣の半熟セミナ　博士、質問があります！／庭園鉄道趣味　鉄道に乗れる庭／庭煙鉄道趣味　庭蒸気が走る毎日／ＤＯＧ＆ＤＯＬＬ／ＴＲＵＣＫ＆ＴＲＯＬＬ／森籠もりの日々／森には森の風が吹く／森遊びの日々／森語りの日々／森心地の日々

☆詳しくは、ホームページ「森博嗣の浮遊工作室」
(http://www001.upp.so-net.ne.jp/mori/) を参照

冒頭および作中各章の引用文は『ディアスポラ』（グレッグ・イーガン著、山岸真訳、ハヤカワ文庫）によりました。

講談社
タイガ

〈著者紹介〉

森 博嗣（もり・ひろし）
工学博士。1996年、『すべてがＦになる』（講談社文庫）で第１回メフィスト賞を受賞しデビュー。怜悧で知的な作風で人気を博する。「Ｓ＆Ｍシリーズ」「Ｖシリーズ」（共に講談社文庫）などのミステリィのほか『スカイ・クロラ』（中公文庫）などのＳＦ作品、エッセィ、新書も多数刊行。

キャサリンはどのように子《こ》供《ども》を産《う》んだのか？

How Did Catherine Cooper Have a Child?

2020年2月21日　第１刷発行　　定価はカバーに表示してあります

著者……………………森《もり》 博嗣《ひろし》

発行者……………………渡瀬昌彦
発行所……………………株式会社 講談社
〒112-8001 東京都文京区音羽2-12-21
編集 03-5395-3506
販売 03-5395-5817
業務 03-5395-3615

本文データ制作…………講談社デジタル製作
印刷……………………凸版印刷株式会社
製本……………………株式会社国宝社
カバー印刷………………株式会社新藤慶昌堂
装丁フォーマット………ムシカゴグラフィクス
本文フォーマット………next door design

ISBN978-4-06-518283-3　N.D.C.913　274p　15cm

講談社タイガ

Wシリーズ

森 博嗣

彼女は一人で歩くのか？

Does She Walk Alone?

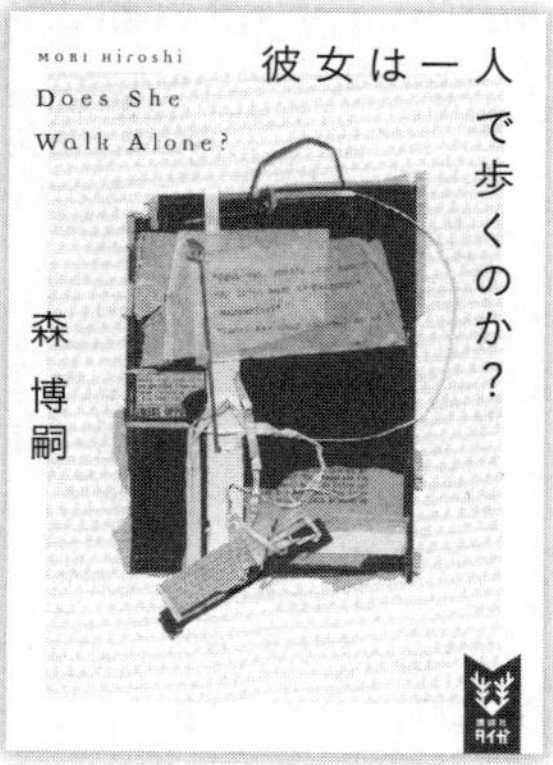

イラスト
引地 渉

ウォーカロン《walk-alone》。「単独歩行者」と呼ばれる、人工細胞で作られた生命体。人間との差はほとんどなく、容易に違いは識別できない。

研究者のハギリは、何者かに命を狙われた。心当たりはなかった。彼を保護しに来たウグイによると、ウォーカロンと人間を識別するためのハギリの研究成果が襲撃理由ではないかとのことだが。

人間性とは命とは何か問いかける、知性が予見する未来の物語。

Wシリーズ

森 博嗣

魔法の色を知っているか？

What Color is the Magic?

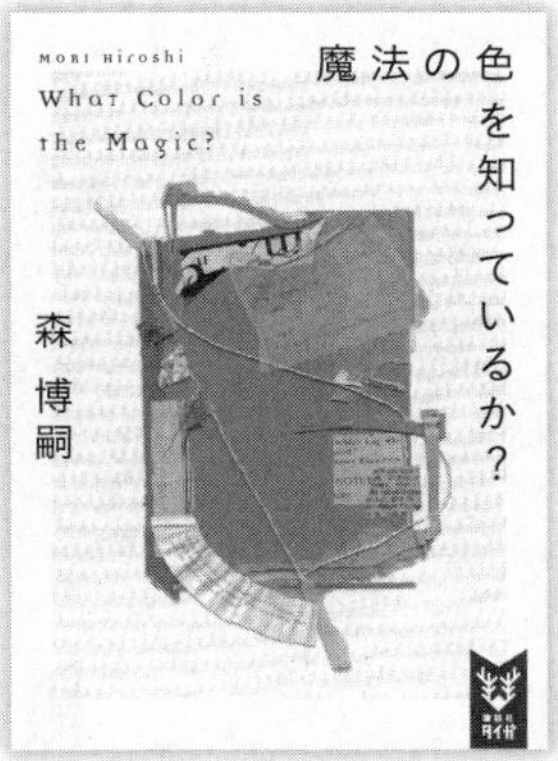

イラスト
引地 渉

チベット、ナクチュ。外界から隔離された特別居住区。ハギリは「人工生体技術に関するシンポジウム」に出席するため、警護のウグイとアネバネと共にチベットを訪れ、その地では今も人間の子供が生まれていることを知る。生殖による人口増加が、限りなくゼロになった今、何故彼らは人を産むことができるのか？

圧倒的な未来ヴィジョンに高揚する、知性が紡ぐ生命の物語。

講談社タイガ

Wシリーズ

森博嗣

風は青海を渡るのか？

The Wind Across Qinghai Lake?

イラスト
引地 渉

聖地。チベット・ナクチュ特区にある神殿の地下、長い眠りについていた試料《スペサミン》の収められた遺跡は、まさに人類の聖地だった。ハギリはヴォッシュらと、調査のためその峻厳《しゅんげん》な地を再訪する。

ウォーカロン・メーカHIXの研究員に招かれた帰り、トラブルに足止めされたハギリは、聖地以外の遺跡の存在を知らされる。

小さな気づきがもたらす未来。知性が掬《すく》い上げる奇跡の物語。

講談社タイガ

Wシリーズ

森 博嗣

デボラ、眠っているのか？

Deborah, Are You Sleeping?

イラスト
引地 渉

祈りの場。フランス西海岸にある古い修道院で生殖可能な一族とスーパ・コンピュータが発見された。施設構造は、ナクチュのものと相似。ヴォッシュ博士は調査に参加し、ハギリを呼び寄せる。

一方、ナクチュの頭脳が再起動。失われていたネットワークの再構築が開始され、新たにトランスファの存在が明らかになる。拡大と縮小が織りなす無限。知性が挑発する閃きの物語。

講談社
タイガ

Wシリーズ

森 博嗣

私たちは生きているのか？
Are We Under the Biofeedback?

イラスト
引地 渉

富の谷。「行ったが最後、誰も戻ってこない」と言われ、警察も立ち入らない閉ざされた場所。そこにフランスの博覧会から脱走したウォーカロンたちが潜《ひそ》んでいるという情報を得たハギリは、ウグイ、アネバネと共にアフリカ南端にあるその地を訪問した。

富の谷にある巨大な岩を穿《うが》って造られた地下都市で、ハギリらは新しい生のあり方を体験する。知性が提示する実存の物語。

講談社タイガ

Wシリーズ

森 博嗣

青白く輝く月を見たか？

Did the Moon Shed a Pale Light?

イラスト
引地 渉

オーロラ。北極基地に設置され、基地の閉鎖後、忘れさられたスーパ・コンピュータ。彼女は海底五千メートルで稼働し続けた。データを集積し、思考を重ね、そしていまジレンマに陥っていた。

放置しておけば暴走の可能性もあるとして、オーロラの停止を依頼されるハギリだが、オーロラとは接触することも出来ない。

孤独な人工知能が描く夢とは。知性が涵養《かんよう》する萌芽《ほうが》の物語。

講談社
タイガ

Wシリーズ

森 博嗣

ペガサスの解は虚栄か？
Did Pegasus Answer the Vanity?

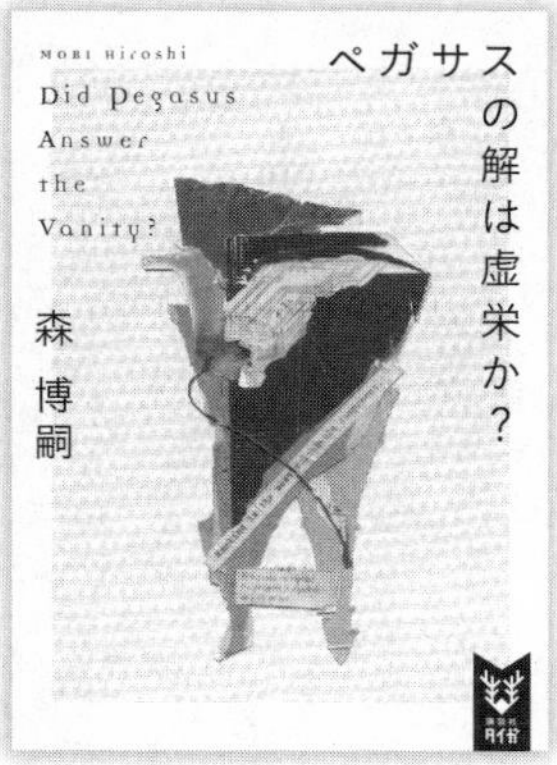

イラスト
引地 渉

クローン。国際法により禁じられている無性生殖による複製人間。

研究者のハギリは、ペガサスというスーパ・コンピュータからパリの博覧会から逃亡したウォーカロンには、クローンを産む擬似受胎機能が搭載されていたのではないかという情報を得た。

彼らを捜してインドへ赴《おもむ》いたハギリは、自分の三人めの子供について不審を抱く資産家と出会う。知性が喝破《かっぱ》する虚構の物語。

講談社タイガ

Wシリーズ

森 博嗣

血か、死か、無か？

Is It Blood, Death or Null?

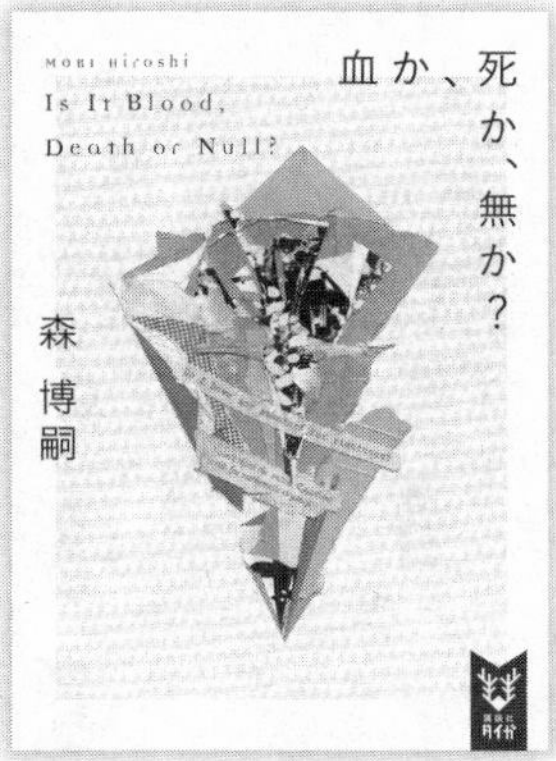

イラスト
引地 渉

イマン。「人間を殺した最初の人工知能」と呼ばれる軍事用ＡＩ。電子空間でデボラらの対立勢力と通信の形跡があったイマンの解析に協力するため、ハギリはエジプトに赴《おもむ》く。だが遺跡の地下深くに設置されたイマンには、外部との通信手段はなかった。

一方、蘇生《そせい》に成功したナクチュの冷凍遺体が行方不明に。意識が戻らない「彼」を誘拐する理由とは。知性が抽出する輪環の物語。

講談社タイガ

Wシリーズ

森 博嗣

天空の矢はどこへ？

Where is the Sky Arrow?

イラスト
引地 渉

カイロ発ホノルル行き。エア・アフリカンの旅客機が、乗員乗客200名を乗せたまま消息を絶った。乗客には、日本唯一のウォーカロン・メーカ、イシカワの社長ほか関係者が多数含まれていた。

時を同じくして、九州のアソにあるイシカワの開発施設が、武力集団に占拠された。膠着《こうちゃく》した事態を打開するため、情報局はウグイ、ハギリらを派遣する。知性が追懐する忘却と回帰の物語。

講談社タイガ

Wシリーズ

森 博嗣

人間のように泣いたのか？

Did She Cry Humanly?

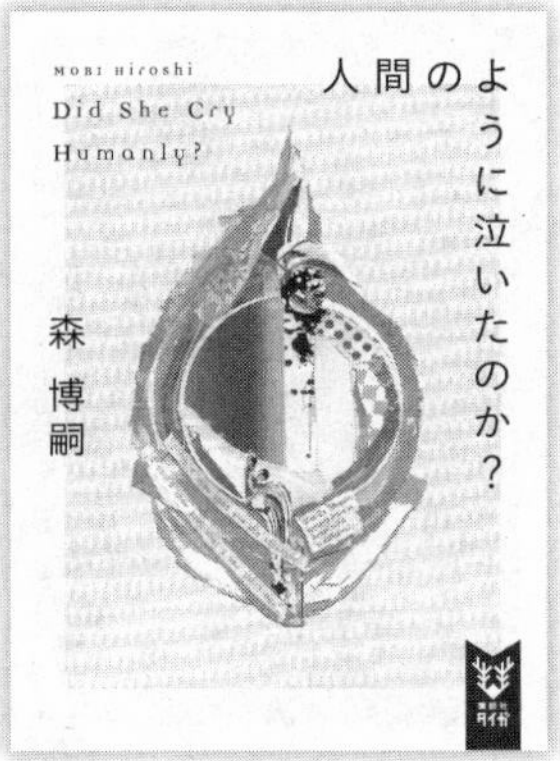

イラスト
引地 渉

生殖に関する新しい医療技術。キョートで行われる国際会議の席上、ウォーカロン・メーカの連合組織WHITEは、人口増加に資する研究成果を発表しようとしていた。実用化されれば、多くの利権がWHITEにもたらされる。実行委員であるハギリは、発表を阻止するために武力介入が行われるという情報を得るのだが。

すべての生命への慈愛に満ちた予言。知性が導く受容の物語。

講談社
タイガ

WWシリーズ

森 博嗣

それでもデミアンは一人なのか？

Still Does Demian Have Only One Brain?

photo
Jeanloup Sieff

楽器職人としてドイツに暮らすグアトの元に金髪で碧眼《へきがん》、長身の男が訪れた。日本の古いカタナを背負い、デミアンと名乗る彼は、グアトに「ロイディ」というロボットを探していると語った。

彼は軍事用に開発された特殊ウォーカロンで、プロジェクトが頓挫《とんざ》した際、廃棄を免《まぬが》れて逃走。ドイツ情報局によって追われる存在だった。知性を持った兵器・デミアンは、何を求めるのか？

講談社
タイガ

WWシリーズ

森 博嗣

神はいつ問われるのか？

When Will God be Questioned?

photo
Jeanloup Sieff

アリス・ワールドという仮想空間で起きた突然のシステムダウン。ヴァーチャルに依存する利用者たちは、強制ログアウト後、自殺を図ったり、躰に不調を訴えたりと、社会問題に発展する。

仮想空間を司る人工知能との対話者として選ばれたグアトは、パートナのロジと共に仮想空間へ赴《おもむ》く。そこで彼らを待っていたのは、熊のぬいぐるみを手にしたアリスという名の少女だった。